KB155490

피땀눈물　초등교사

004 ——
**피땀눈물
초등교사**

1판 1쇄 인쇄 2022년 12월 1일
1판 1쇄 발행 2022년 12월 5일

글 김여진
펴낸이 김서윤 | 편집장 한귀숙 | 디자인 조수정
펴낸곳 상도북스 | 출판등록 2020년 12월 08일(제2020-000076호)
주소 서울시 동작구 상도로53길 8, 319-101
전화 02)942-0412 팩스 02)6455-0412
전자우편 sangdobooks@gmail.com
인스타그램 instagram.com/sangdobooks

ⓒ 2022 김여진

ISBN 979-11-976181-9-2 03810

피땀눈물

초등교사

어린이들과
함께
성장한다는
일

김여진

차례

질투는 나의 힘

아주 오랫동안 닉네임으로 쓰던 이름이 있었다.

질투는 나의 힘

기형도 시인의 시 제목이 내 닉네임으로 딱이었다. 초등학교와 중학교, 고등학교에 대학교를 통틀어 나는 항상 군중의 가장자리에서 타인을 관찰하고 부러워하며 질투하는 사람이었다.

공부를 꽤 잘하는 아이였지만, 그렇다고 공부를 특출나게 잘해서 영재나 신동 소리를 들은 적은 없었다. 운동도 못해서 체육시간마다 쩔쩔맸다. 피아노 학원도 몇 년을 다녔지만 제대로 베토벤 소나타 한 곡을 완곡하지 못했다. 미술시간에도 도화지에 뭘 그리긴 그렸는데 그건 꼭 반죽이 잘못된 고구마빵 같았다.

대학교에 가도 마찬가지였다. 새내기와 선배 들이 얼굴을 마주하는 술자리 같은 곳에 가서도 주목받는 애들은 따로 있었다. 분위기를 띄우기 위해 재미있

게 말을 많이 한다고 꼭 주목받는 게 아니었다. 어떤 아이들은 입을 꾹 다물고 웃기만 해도 그 자리의 중심이 되었다. 뭐랄까, 나도 그렇게 활짝 만개한 꽃 같은 존재가 되고 싶었지만 그게 내 맘대로 되는 건 아니었다. 그건 내 노력을 벗어난 영역 같았거든. 미모를 타고난 것도 아니고, 학점이 특출난 것도 아니고, 인간적인 매력도 없었다. 엄청나게 뛰어난 부분은 특별히 없는, 모든 게 엉거주춤한 나.

　그걸 메꾸기 위해서 어느 순간부터 인간관계의 달인이 되었다. 보고 싶으면 먼저 연락을 했다. 이십 대 초중반, 연락을 먼저 받는 걸 싫어하는 사람은 아무도 없었다. 월화수목금토일 비는 날이 없을 정도로 약속을 꽉꽉 채워 수첩에 빼곡하게 적어두었고, 그때 줄기차게 만났던 사람들의 90퍼센트는 이제 안부도 모르고 산다. 대구를 떠나 서울에 터전을 잡게 되면서는 더 그렇게 되었지만. 그나마 감사한 건 여태 연락하는 친구들도 많이 있다는 거다(페북, 인스타, 카톡, 감사합니다)!

그리 오래 산 건 아니지만 내 짧은 식견으로 깨달은 것이 있다. 사람들은 생각보다 인정 욕구에 취약한 존재들이라는 것.

"예뻐요."
"당신의 성취가 대단해요."
"말씀이 참 따뜻하세요."
"어쩜 그렇게 부지런하세요."
"덕분에 도움이 되었어요."

무심히 지나치는 말들은 공중으로 흩어지는 것 같지만 실제로는 그렇지 않다. 놀랍게도 그 말들은 내 몸 어딘가에 축적이 되어 남는다.

우리는 자신이 어떤 사람인지 완벽하게 파악하지 못하고 끝내는 흙으로 분해되겠지만, 주변 사람들은 나란 사람의 본질에 대해 꽤 많은 힌트를 준다. 그러니 주변 사람들이 자주 건네는 말들에 나는 '아마도 나는 이런 사람인가 보다' 하는 거지.

관종?

관종이 아닌 사람은 없다. 간단한 실험을 거쳐보면 아주 쉽게 알 수 있다. 페북이나 인스타에 글을 쓰고 나서 '좋아요'나 댓글이 하나도 없는 채 사흘만 지나보자. 아마 글 자체를 못 쓰게 될걸? 혼잣말 같아도 누군가 봐주길 바라는 거니까.

이젠 조금 자유로워졌다.

"여진 씨, 참 멋있어요"라는 말을 들어보니 참 달콤하더라. 하지만 그게 어디까지 진짜일 거라고 생각해?

진짜 내가 멋있어서가 아니라 '쟤, 참 열심히 산다' 싶으니까 격려해주는 말이지. 그건 한순간 떠올랐다가 사라지는 신기루에 불과하다. 내가 너무 잘났고, 내가 너무 근사해서 미치겠는, 자뻑에 취해 있으면 안 된다. 사람들의 댓글과 관심과 호의는 공짜가 아니다 (다 갚아야 할 것들이야). 사실은 다 자기가 제일 소중하고 가장 마음 쓰인다.

나는 그냥 나한테 제일 멋있으면 되고, 다른 사람들의 멋진 측면들을 만나면 하루를 잘게 쪼개 한 마디씩 던져주는 일상을 살고 싶다.

이래서 멋있고, 저래서 근사하고.

김장을 그렇게나 많이 해서 눈부시고.

힘들지만 성적표를 잘 완성해서 대단하고.

두꺼운 책을 그렇게나 꾹 참고 잘 읽어서 멋지고.

그런 거지. 삶에 무엇 대단한 게 있다고 착각하면 정말 큰일이다. 정말 인생에는 엄청나고 대단한 것이 없다.

그럼에도 하나만 짚고 넘어가자.

난 참 미치도록 멋있어. 그리고 말이야, 이 글을 읽는 당신은 머리가 돌아버리도록 더 멋지지.

그러니까 내 말은, 지금 당신도 이 사실을 알고 있느냐는 거야.

"여진 씨, 말씀이 참 따뜻하세요."

"여진 씨, 어쩜 그렇게 부지런하세요."

"여진 씨, 참 멋있어요."

스승의 날, 파티 하기 딱 좋은 날

"선생님, 내일 스승의 날 파티 해요?"

알림장을 텔레비전 화면에 띄워두고 아이들이 모두 받아 적기를 기다리는 중, 한 아이가 물었다.
스승의 날 파티?
괜히 민망하면서도 기분이 썩 나쁘진 않다. 실룩실룩 비져나오는 웃음을 애서 숨겨본다.

요 녀석들, 나한테 무슨 깜짝 파티를 해주려고
이러나?
아니지, 좋아하는 티를 내면 그건 아마추어지.

전혀 기대하지 않는 모양새로 무심하고 시크하게, 분주하게 바쁜 업무를 처리하는 듯 모니터에서 눈을 떼지 않고 되물었다.
"스승의 날 파티? 뭐, 꼭 해야 하나? 어쨌거나 너네 의견이 중요하지. 다른 친구들도 스승의 날 파티,

하고 싶어?"

"해요, 해요, 해요!"

아이들 목소리 데시벨이 높아지고, 가벼운 흥분으로 일순간 술렁이는 분위기가 넘실거린다.

"아싸, 나 고래밥 사야지."

"선생님, 과자 몇 개까지 돼요?"

"과자 한 개, 음료수 한 개만 가져오기야."

"네!"

스승의 날 아침이 찾아왔다. 어째서인지 평소보다 눈이 일찍 떠진다.

애들이 꽃다발을 준비하려나?

창문에 색색의 풍선을 붙여둘지도 모르지.

칠판 가득 '선생님 사랑해요' 분필로 적어두는

건 기본일 거고.

아직 파티 준비가 덜 됐다며 앞문을 가로막고

복도에서 조금만 기다려달라고 할지도 몰라.

교탁 위에 편지가 잔뜩 쌓여 있을 거고.

감동해서 기습적으로 눈물이 터질 수도 있으니 평소처럼 청바지 차림은 곤란하다. 옷차림에 너무 신경 쓴 티가 나선 안 되지만 아껴두었던 화사한 연핑크 원피스를 꺼내서 걸친다. 립스틱 색은 평소보다 조금 더 채도가 높은 걸로 바르고, 입술을 두 번 참참! 일찍 출근 준비를 마치고 가벼운 발걸음으로 교실에 도착했다. 그런데 아무도 없다.

아무도, 아무것도…… 없다.

그래, 애들이 등교 시간보다 삼십 분이나 일찍 오긴 힘들지. 이제 하나둘 와서 파티 준비를 하겠지.

등교는 8시 40분까지다. 8시 31분이 되자 아이들

이 교실에 들어오기 시작한다. 아무렇지도 않은 척 아이들의 기색을 살핀다. 이상하다, 평소와 전혀 다르지가 않다.

반장이랑 부반장이 오면 부끄러운 기색으로 파티 준비를 몰래 하겠지.

오늘따라 아침 자습시간이 고요하기만 하다. 스승의 날이라서 그런 건가? 아이들이 평소답지 않게 의젓하다. 9시가 되자 종소리가 울린다. 1교시 시작 '땡!' 하자마자 쾌활 발랄한 현수가 입을 연다.

"선생님! 스승의 날 파티 언제 해요?"

"파티? 그럼, 지금부터 해볼까?"

"예스!!!"

내 말이 끝나기도 전에 부스럭부스럭 과자 꺼내는 소리가 교실을 가득 메운다. 일제히 과자 봉지를 뜯고, 어떤 아이는 "봉지 좀 뜯어주세요" 하며 내게 도

움을 청하기도 한다.

자, 이제 그 순간이 오는 건가?
애들이 지금의 '스승'인 날 위해 준비한 무언가가!
뭔지 모르겠지만 아이들도 나도 기다린 그것.

"선생님, 이제 과자 먹어도 돼요?"
"그래, 먹자!"
와삭와삭, 와그작와그작.
자갈치를 씹으면 이런 소리가 났던가, 이건 맛동
산을 씹는 소리일까, 아마도 이건 새우깡의 소리, 높
은 확률로 이건 포카칩이 으스러지는 소리. 아니구나,
이건 바로 내가 뒤통수 한 대 얻어맞는 소리.
목을 가다듬고 간신히 입을 뗴었다.
"저기, 혹시 너네 스승의 날 파티라고 하지 않았
니?"
"맞아요!"

"그런데 너네끼리 그냥 먹는 거야?"

미처 생각지 못했다는 듯 눈을 몇 번 껌뻑이더니 우리 반 부반장 주훈이가 벌떡 일어난다. 과자를 한 움큼 손에 쥐고 교탁 쪽으로 다가온다.

"선생님, 이거 드세요!"

5학년 수학 익힘책 표지 위에 치토스 몇 개가 나뒹군다.

고맙다, 아주 고오맙다.

괜히 머쓱해져서 교탁에서 일어나 괜히 책상과 책상 사이를 오가며 빗자루질을 한다. 쓰레받기에 과자 부스러기가 그득하다. 아이들은 고도의 집중력을 발휘하여 이빨로 신나게 과자를 아작내고 있다. 헛웃음이 터졌다. 치토스를 입에 넣는다. 짭쪼름하다. 과자를 옷에 잔뜩 묻힌 아이들이 시덥잖은 소리를 하며 와하하 웃는다.

그래, 니들이 행복하니 그것으로 되었어.

갑자기 치토스가 달다.

스승의 날, 파티 하기 좋은 날.

무시와 시샘 사이,
어느 장단에 춤을 출까

세상의 모든 비올리스트에겐 사연이 있을 터다. 현악기를 고른다면 바이올린, 아니면 첼로를 고르고 싶지 않을까? 굳이 비올라를 고른 사람들에게는 그럴 만한 애잔한 스토리가 있을 거란 얘기다. 대형 오케스트라에 필요하지만, 사중주나 독주회를 하기에는 애매한 악기. 중후한 첼로도, 날카로운 바이올린도 아닌 깍두기 같은 그 악기.

난 비올라를 볼 때마다 초등교사를 떠올린다.

"원래부터 교대에 오고 싶었던 거야?"

요모조모 어딜 뜯어봐도 촌티 폴폴 풍기던 우리를 위한 신입생 환영회였다. 코딱지만 한 교대 캠퍼스 잔디에 앉아 종이컵에 맥주와 소주를 적절한 비율로 섞으며 우리는 서로에게 앞다투어 저걸 물었다.

"응! 교실에서 아이들과 소통하고, 학생들이 성장하는 모습을 보고 싶었거든."

이렇게 대답했던 친구가 하나라도 있었던가.

기억나지 않는다. 의대나 한의대를 가고 싶었는데 성적이 좀 모자랐다거나, 부모님이 가라고 하신 데다 특별히 지원하고픈 데가 있었던 것도 아니어서 왔다거나.

중3 때부터 오로지 K대학 생명공학부만 꿈꾸던 내 입장도 크게 다르지 않았다. 아니, 좀 더 솔직해져 볼까. 안정적이니까. 어쩌면 교대가 최고라고 조용히 권하는 부모님 앞에서 흰자를 까뒤집으며 "한 번만 더 교대 가라고 권하면 나 벽에다 대가리 박고 죽을 거예요!" 고래고래 소리를 질렀던 고3 때의 패기가 차라리 좋았을지 몰랐다.

그해, 사람들은 '물수능'이라는 말로 수능 난이도를 설명했다.

도대체 뭐가 물이라는 거야? 누가 이득을 봤다는 건데? 된통 물먹었다는 뜻이냐?

그런 뜻으로 물수능이면 인정할 수 있었다. 실수 없이 깔끔하게 답안지 마킹을 하고 나왔음에도 간절히 원하던 K대학 생명공학부에 지원하기에는 역부족이었다. 원하던 과를 포기하고 대학 타이틀이라도 노려볼까 싶었지만 그것 때문에 부모님 등허리를 휘게 할 염치는 없었다. 얌전한 모범생답지 않게 부모님이 교대 얘기를 꺼내실 때마다 부리던 악다구니는 씹지도 않고 조용히 삼켜버렸다.

반쯤 자포자기한 심정으로 지내던 내게 특차라는 전형이 손짓을 해왔다. 당시는 내신과 수능 점수를 합산하여 진학하는 특차라는 전형이 있던 시절이었다. 단, 특차에 합격하면 다른 대학에는 지원할 수가 없었다.

"진아, 니 합격했데이."

엄마의 들뜬 목소리에 "그렇겠지 뭐"라고 심드렁하게 대답한 건 1월의 어느 날이었다.

초중고 도합 십이 년을 공부 기계처럼 매달렸던 결과가 고작 이거라고?

울음도 웃음도 나지 않았다. 교대에 입학하고 나서도 꿈이라고 몽글몽글 올라오는 게 없었다. 날고 기어봐야 내가 머물 곳은 교실이다.

될 대로 되라지.

내 합격 소식에 친척 어른들의 반응은 질투 섞은 축하, 그리고 조롱을 섞은 무시 사이를 오갔다.

"초등교사가 최고야. 정년 보장 되지. 죽을 때까지 연금 나오지!"

"초봉 월급이 어떻게 된다고? 170만 원? 그거 네 용돈이나 되냐?"

연금이니 정년 보장을 운운하는 말은 언뜻 축복처럼 들렸고, 흘려들어도 첫 월급이 어쩌고 하는 말에는 모멸감을 느꼈다.

　조카한테 해줄 수 있는 말이 저게 최선이야?

　내 머리가 좀 더 굵었으면 "그런 말 말고는 없어요? 최선이에요?" 되받아치고 서슬 퍼런 눈으로 기분 나쁜 티를 팍팍 냈을 텐데 그러지 못했다. 수능에서 벗어난 해방감에 취해서 그저 신났을 때였으니까.

　그러나 그땐 몰랐다. 친척 어른들의 저 멘트를 스승의 날 즈음에 올라오는 포털 신문기사 댓글에서 매해 봐야 한다는 것을.

　박봉이라며 점점 이탈하는 한참 어린 동료들을 쓰라린 마음으로 바라보면서도 동시에 철밥통이니까 감사한 줄도 모른다는 말에 고개를 끄덕이는 날 한심하게 여길 줄은.

　그럼에도 정윤이가 몇 주 만에 단소 소리를 낸 일에 눈물이 찔끔 나고, 현민이가 받아올림을 한 게 너무 기뻐서 학부모에게 대뜸 전화를 해서 호들갑을 떨 줄은.

그땐 미처 알지 못했지.

내 밑천 팍팍 퍼주는 짜릿한 맛

2011년 겨울, 새로운 악기를 하나 만났다. 당시만 해도 내가 이 악기를 배운다고 하면 단번에 알아듣지 못하고 "뭐라고?" 되묻는 사람이 더 많았다.

"있잖아 왜, 기타를 닮았는데 사이즈는 좀 작은 거."

그제야 겨우 뭔지 알아듣는 낯선 악기, 바로 '우쿨렐레'였다. 투명한 나일론 줄을 튕기면 "통통" 하는 상큼한 음색이 오렌지 과즙처럼 터져 나왔다. 소리만 들어도 야자수 아래 해변에서 하와이안 의상을 입고 우쿨렐레를 치는 음료수 광고 속 이효리가 되는 기분이었다. 밤을 꼴딱 새워가며 우쿨렐레를 치고, 동호회를 일주일에 다섯 번씩 나갔다. 나는 우쿨렐레에 아주 깊이, 퐁당, 빠져버렸다.

우쿨렐레에 빠져 허우적대는 나를 보고 친구들도 관심을 가지기 시작했다.

"그게 그렇게 재밌어? 나도 좀 가르쳐주라."

말 나온 김에 여세를 몰아 친구 세 명을 모아 하루

짜리 우쿨렐레 깜짝 교실을 열었다. 악기도 작고, 주법도 어렵지 않아 배운 지 두 시간 만에 다들 '곰 세 마리' 한 곡 정도는 마스터하고 돌아갔다.

"내가 뭐랬어? 진짜 쉽댔지?"

노래 한 곡은 건졌다며 뿌듯해하는 친구들 표정을 보며 오히려 내가 더 신이 났다.

그때부터 누가 시키지도 않았는데 '우쿨렐레 무료 클래스'를 여기저기서 열었다. 낯선 사람의 집에서 모르는 사람들 열 명을 모아 가르치기도 하고, 공원에서 처음 만난 사람들을 가르치기도 했다. 빈 교실에서 매주 같은 요일에 동료 선생님들한테도 우쿨렐레를 가르쳤다. 그러던 순간 알았다. 내가 우쿨렐레라는 악기 자체보다 사람들에게 우쿨렐레를 가르치는 일에 중독됐다는 것을. 아무 대가도 없이.

우쿨렐레 무료 클래스는 나날이 번창했다. 그런데 더 이상 친구들과 주변 사람들에게 가르쳐주는 것만으로는 성에 차지 않았다. 우쿨렐레에 미쳐 있었던 내가 교실에서 쉬는 시간과 점심시간에도 악기를 꺼내 치는 건 당연한 일이었다.

시도 때도 없이 우쿨렐레를 치는 내 모습을 보고 우리 반 아이들은 우쿨렐레를 한번 만져보고 싶어 안달을 했다. 그 눈빛들이 간절해서 결국 나는 학교 아이들을 모아 우쿨렐레 동아리를 만들었다. 그때부터는 어른들한테 우쿨렐레를 가르칠 때와는 비교도 안 되는, 남몰래 벅차오르는 순간이 예고 없이 자주 닥쳐왔다.

보드랍고 작은 손에 생긴 줄 자국을 보여주며 "선생님, 손가락이 아픈데, 그래도 너무 즐거워요!" 하던 아이의 빨개진 손끝을 문질러주던 순간.

엄마 생신에 해드린 축하 연주라며 동영상을 보여주는 아이의 웃는 옆모습을 살며시 바라본 순간.

자기가 만든 멜로디를 우쿨렐레로 연주하며 "선생님, 혹시 지금 제가 한 게 작곡이에요?"라고 묻는 아이가 눈치채지 못하게 차오르는 눈물을 애써 숨겼던 순간.

사 년 정도 우쿨렐레에 빠져 있었던 나도 이젠 이런저런 이유로 그때만큼 열정적으로 우쿨렐레를 치지 않는다. 가끔 먼지를 털어내고 줄을 퉁겨보곤 할 뿐이다. 어리석다 싶을 정도로 내 밑천을 팍팍 퍼주고 다녔던 시절, 생각해보면 막 퍼줘서 가장 행복했던 건 나였다.

가끔 떠올려본다. 나와 함께 잠시라도 우쿨렐레를 쳤던 누군가가 자기 방에서, 공원에서, 바닷가에서 악기를 조용히 연주하는 모습을. 그 모습을 떠올리면 가슴 한곳이 간질간질해진다. 그래서 나는 오늘도 머릿속으로 앙큼한 계획을 짠다. 어떻게 해야 내가 가진 걸 마구 퍼줄 수 있는지를 궁리한다. 그 누구도 아닌 나를 위해서.

막 퍼줘서 가장 행복했던 건 나였다.

그래서 오늘도 머릿속으로 앙큼한 계획을 짠다.

그 누구도 아닌 나를 위해서.

선생님의 단골 거짓말

1. 학생 : 선생님, 저 이거 안 풀면 안 돼요?

   선생님 : 아이고, 선생님 마음 같아선 진짜로 면제 해주고 싶어. 그런데 친구들이 동의할 것 같지가 않네. 어쩌지, 미안해서(전혀 미안하지 않으며, 면제 해줄 생각은 조금도 없다)?

2. 학생들 : (선생님이 없는 사이, 정신이 혼미해지도록 떠들고 있다)와글와글.

   선생님 : 선생님 지금 교장 선생님한테 혼나고 왔어! 너희 때문에! 알아(교장 선생님은 자신의 업무만으로도 바쁘다)?

3. 학부모 : 선생님, 저희 혁재, 여름방학 끝나고 나서 전학을 가게 되었어요.

   선생님 : (말썽쟁이 혁재가?)어머나, 정말요? 너무 아쉬워요. 일 년 다 마치고 가면 안 되나요(천만에, 만만에! 전혀 아쉽지 않다)?

4. 학생들 : (1학년 첫날 질문)선생님, 몇 살이세요?

    선생님 : 나? 백살!

    학생들 : 에이, 뭐예요! 근데 왜 얼굴에 주름이 없
    어요?

    선생님 : 늙지 않는 약을 먹어서 그래!

    학생들 : 아니잖아요. 끼끼끼.

5. 선생님 : (꾸지람하며)내가 십오 년간 아이들을 가
    르치면서 너 같은 애는 처음 봐(매년 본다)!

6. 학생 : 선생님, 딸기 하나 더 먹어도 돼요?

    선생님 : 응, 먹어, 먹어! 선생님은 배불러(선생님
    도 늘 배고프다).

7. 선생님 : 너네들 수업 태도 좋으면 과자 파티 할
    수도 있어!

    학생들 : 오예(어쨌거나 과자 파티는 할 예정이다)!

8. 학생 : 선생님, 남자친구 있어요?

   선생님 : 아니, 없어!

   학생 : 왠지 있으실 것 같았는데, 제가 틀렸네요!

   선생님 : 그러게(남친은 없고, 남편은 있다. 거짓말을
   아니니까, 에헴!).

학생들의 단골 거짓말

1. 학생 : 선생님, 숙제를 다 했는데 책상 위에 두고 왔어요!

   선생님 : 으이구, 알았어. 내일 꼭 가져와야 돼(애초에 안 한 걸 알지만 그냥 넘어간다)!

2. 학생 : 선생님, 쟤가 먼저 때렸어요!

   선생님 : 그래? 찬주야, 사실이야(때리기 전에 자신이 먼저 놀린 것은 절대 언급하지 않는다)?

3. 선생님 : 이제 앞으론 수업 시간에 안 떠들 거지?

   학생 : 앞으로는 절대로 떠들지 않을게요(보통 오 분을 넘기지 못하고 다시 수다문 재개장)!

4. 선생님 : 두 자리 수 곱하는 방법, 이제는 이해가 됐지요?

   학생 : 네! 쉬워요(시켜보면 풀지 못한다)!

5. 선생님 : 가정통신문, 오늘도 안 가져왔어?

    학생 : 엄마가 종이에 사인을 안 해주셨어요(애초에 엄마한테 보여준 적이 없다).

6. 학부모 : 오늘 숙제는 다 했어?

    학생 : 선생님이 오늘 숙제 안 내주셨어(내일 쉬는 시간에 하면 된다는 급조된 계획).

7. 선생님 : 더 이상 반장에 출마하고 싶은 친구들은 없나요?

    학생들 : 없어요(누구나 나가고 싶은 마음이 있다. 본인은 깜냥이 안 된다고 생각해서 잠자코 있을 뿐이다)!

8. 선생님 : 이제부터 한 명씩 돌아가며 발표할 거예요. 자기 순서가 되면 마이크를 켜주세요.

    학생 : (줌 채팅창으로)선생님, 지금 저희 집 인터넷이 버벅거려요. 나갔다 다시 들어올게요(어째서 돌

아가며 발표하는 시간에만 인터넷이 갑자기 불안해지는

걸까?).

등교는 하나요?

다행이네요

5학년 민찬이(가명)의 얼굴을 직접 볼 수 있었던 건 3월 말이나 되어서였다.

코로나 확진자가 하루에 몇 만 명씩 쏟아지던 때였고, 일주일에 세 번은 줌으로 수업을 하고 두 번은 등교를 하는 식이었다. 게다가 학부모가 자녀를 데리고 나가는 체험 활동도 수업으로 인정해주는 '교외 체험학습'이라는 제도가 있어 '공식적'으로 학교에 나오지 않고도 출석이 인정되는 날이 20일 정도 되었다. 코로나 기간에도 가정에 따라 20일을 조금씩 나눠 사용하고는 했으나 한꺼번에 다 사용하겠다고 하는 학부모는 드물었다. 주말을 끼면 4주까지도 결석이 가능했으니까.

그해는 20일이었던 '교외 체험학습'이 37일로 임시 연장됐다. 코로나 감염 위험 때문에 특별히 결정된 일이었다.

민찬이가 4학년 때, 일 년간 며칠을 등교했는지는 이미 전년도 담임선생님께 전해들은 터였다. 열흘 남짓한 날짜였다. 3월, 4월, 5월엔 오로지 온라인으로만 수업을 했고, 6월부터 거의 모든 등교일을 '교외 체험 학습'으로 사용했다는 거였다.

해가 바뀌었다고 과연 달라질까.

예상대로 민찬이 어머니는 3월 첫 주, 수요일 첫 등교일이 되자 문자를 보내왔다.

우리 민찬이, 이번 주 수목 모두 체험학습
쓰겠습니다.

진짜 체험학습을 갈까?

나는 알 길이 없었다. 다른 선생님들이 줌 수업 준비가 힘들다거나, 마스크를 쓰고 수업하는 게 숨 막혀 죽을 것 같다는 하소연에도 난 맘 편히 맞장구를 치지 못했다.

"그래도 애들 다 등교는 하지요? 저보단 나으시네요. 저희 반 민찬이는 학교를 안 와요."

나도 모르게 냉소적인 반응이 나왔다. 등교일마다 오늘도 민찬이가 오지 않을까 봐 가슴 졸이고 전전긍긍하는 게 견디기 힘들었으니까.

무단결석은 그냥 눈감아줄 수 있는 문제가 아니었다. 교육부에서 작성한 대응 매뉴얼에 따르면 학생이 사흘 연속 무단결석을 하면 교사는 가정방문을 해야 하며, 그럼에도 학생의 소재가 파악이 되지 않으면 경찰에 수사를 의뢰하도록 되어 있었다. 골치 아픈 일, 큰 문제가 될 만한 일을 만들어 무능력한 교사로 낙인찍히고 싶지 않았다.

전날에 못다 한 교실 청소를 하려고 아침에 한 시간 반이나 일찍 출근한 날이었다. 오전 7시 4분, 학교에는 아무도 없었다. 어스름한 복도를 지나 교실 문을 열었다.

"에에롱, 왁! 놀랐지요!"

그 이른 시간에 교실에 누군가 있으리라고는 전혀

예상하지 못했다. 뒷걸음질을 치며 소리를 꽥 질렀다.

"민찬아, 샘 진짜 놀랐잖아. 왜 이렇게 일찍 왔어?"

"집이 엄청 멀어요. 경기도 A시에 살거든요. 엄청 깜깜한 새벽에 출발 안 하면 못 올 수도 있어요."

"A시에서 서울로 등교를 한다고?"

"네! 모텔이 거기 있어요!"

민찬이에게 사정을 물어보았다. 원래는 학교 근처의 조그마한 원룸에 살았는데, 월세를 내지 못해 모텔로 옮겨가게 된 상황이었다.

하루하루 등하교를 하는 것도 민찬이에겐
굉장한 모험이었겠지.

학부모에게 자초지종을 물을 용기나 각오가 내겐 없었다. 내가 감당할 영역을 벗어났다고 생각했었으니까.

그 후로 수요일과 목요일만 되면 민찬이가 학교를

올까, 오지 않을까, 살 떨리게 긴장이 되었다. 조바심에 1교시가 시작하고 오 분이 흘러도 아이가 도착하지 않자 나는 즉시 전화를 걸었다.

> 민찬이 어머니,
> 오늘도 안 보내시나요?
> 학교는 보내주셔야죠.

> 아, 제가 연락이 늦었네요.
> 오늘도 가정 체험학습 할게요.

> 가정 체험학습이요?
> 자꾸 이러시면 안 되죠.

> 왜 선생님이 나한테
> 그렇게 말해요? 누구나
> 쓸 수 있는 제도인데, 왜요!

아뇨, 어머니!
진짜 집에서 학습을 시키세요?
학교 공부만큼 보충해주시나요?
아니잖아요!
애를 왜 학교에 안 보내냐고요?
학교만이라도 보내달라고요!
제발요!

복도에서 목이 찢어지도록 소리를 질렀다. 체면이고 뭐고, 그딴 건 안중에도 없었다.

세상에는 힘겹게 삶을 영위하는 사람들이 늘 있다. 그 사람들이 하루하루를 겨우 버티고 살아가는 거라면 최대한 방어적으로 에너지를 아끼려고 애쓸 테다. 그 결과는 자력으로 생활할 수 없는 어린이를 만들게 될 테고.

등교도 하교도 마음껏 하지 못하는 아이가 아직

있다.

2021년이었다.

저 때문에 퇴근 늦게 하셔서 죄송해요

내가 악다구니를 쓴 그날 이후, 민찬이 어머니는 예전보단 신경 써서 아이를 등교시켰다. 나도 모텔 거주보다 더 나빠질 건 없을 거라 생각했었다. 그것만으로도 뉴스에 나올 만한 일이라고 생각했지. 인정하자, 내가 안일했던 걸.

6월 즈음이었나? 학교에서 빌린 태블릿 PC가 있음에도 민찬이는 줌 수업에 곧잘 빠졌다. 다행히 접속해 있는 날에도 눈은 어딘가 다른 곳을 향해 있었다. 게임을 하거나 유튜브 영상을 보는 것 같았다. 히죽히죽 웃는 걸 보면 수업을 듣지 않는 게 확실했다. 그래도 아이가 줌 화면을 켜고 얼굴을 보여주니 손톱만큼의 안도감이 들었다. 등교일엔 당연하다는 듯 교과서를 까먹기 일쑤였다.

"민찬아, 교과서는 펴야지?"

"(손짓하며)선생님, 잠깐만 복도에서 얘기해요. (문을 드륵 열고 나가자마자)선생님, 저 교과서 없어요."

"어디 있는데?"

"모텔 아저씨가 저희 짐이랑 교과서, 다 가져갔어요. 다른 데로 이사 가야 해요."

모텔비를 지불하지 못하자 민찬이네 가족은 말 그대로 쫓겨났을 것이다. 민찬이 어머니의 말에 의하면 지인이 배려해준 경기도 S시의 공간에서 잠시 지낸다고 했다. 그때가 6월 즈음이었을 거다. 아이는 더욱 줌 수업에 집중하지 못했다. 현실이 이러한데, 스마트기기 예산만 확보하면 온라인 수업이 척척 이루어질 거라 말씀한 높으신 님들의 생각은 얼마나 손쉽고 간편한가.

아이 얼굴이 보이는 화면 뒤로 '해물탕 메뉴판'이 보이던 날이었던가. 마이크를 켜서 발표를 해보라는 말에 민찬이는 미간을 찌푸리고 양손을 들어 'X' 자를 만들더니 다급하게 비밀채팅을 보냈다.

"(채팅으로)선생님, 저 지금 발표 못 해요."

"(마이크로)그래도 켜봐, 민찬아. 짧아도 좋으니까 잠시만 켜봐."

몇 번의 실랑이 끝에 민찬이가 마이크를 켰을 때 들려오는 건 여러 어른들의 큰 목소리였다. 남자 어른과 여자 어른이 싸우는가 싶더니 깔깔 웃기도 했다. 순간, 반 아이들의 얼굴이 놀라서 딱딱하게 굳어졌다.

저 어른들은 누굴까?
해물탕집 손님들일까?
민찬이 엄마의 목소리일까?
어린이가 학교 수업을 받고 있다는 걸 알고는 있을까?

그 누구도 신경 쓰지 않는 것 같았다. 나는 그날 이후로는 민찬이가 발표하기 곤란하다고 할 땐 절대로 마이크를 켜라고 재차 권하지 못했다.

민찬이가 등교를 제대로 한 날은 기분이 무척 좋았다. 녀석의 키는 5학년생 평균에도 훨씬 못 미치는

130센티미터 남짓이었다. NEIS 시스템*에 신체 발육 상태를 입력하면서 나는 호흡을 가다듬어야 했다. 조그마한 체격에 아기처럼 어리광을 부리는 민찬이를 우리 반 친구들이 그저 귀여워해주었던 건 담임인 내게 축복인 상황이었고.

아침에 일찍 온 친구들과 아이엠 그라운드를 하며 놀던 민찬이가 내게 살짝 다가왔다.

"선생님, 엄마한테 저 언제 데리러오는지 물어봐주세요."

"알았어. 문자 드릴게. 기다려봐."

민찬이 어머니는 수업이 끝나도록 답이 없었다. 서울에서 S시까지, 한 시간 반이 넘는 거리를 아이 혼자 가게 놔둘 순 없었다. 늘 데리러오던 시간에, 그 버스 정류장 벤치로 오시겠지 생각했지만 영 불안했다.

---

* 교육행정정보시스템의 약자로 학생의 학업성취도, 생활, 출결 등 학교생활 전반을 기록하는 시스템.

나는 다른 아이들을 무사히 하교시키자마자 민찬이 어머니에게 전화를 걸었다.

> 어머니, 오고 계시지요?

> 아이고, 제가 지금 바쁜 일이 있어가지고.

> 예? 그러면 민찬이는 어떻게 하지요?

> 아이, 그냥 선생님이 데리고 있어주시면 좋은데.

> 하교는 시켜주셔야지요!

> 아유 그러면, 버스 정류장 늘 기다리던 데에 앉아 있으라고 하세요.

언제쯤 오실 것 같으세요?

저녁 6시는 돼야 될 거예요.

아이 혼자 버스 정류장에서
세 시간 반을 기다리라뇨.
말이 된다고 생각하세요?

몇 시간이고 아이를 길에 둬도 된다는 말에 기가
찰 사이도 없었다. 보호자가 아이를 언제 데리러올지
모르는 긴급한 상황이었다. 나도 회의를 줄줄이 앞두
고 있었고, 텅 빈 교실에 아이를 혼자 내버려둘 수도
없었다. 급히 돌봄 선생님께 전화를 걸어 양해를 구했
다. 돌봄 선생님께서 근무시간인 저녁 6시까진 아이
를 데리고 있어줄 수 있다고 하셨다. 텅 빈 돌봄 교실
에는 아이들이 하나도 없었다. 저녁 6시에도 민찬이
어머니는 오지 않았고, 7시가 넘도록 연락이 없었다.

초조한 마음으로 다시 전화를 걸었다. 텅 빈 학교에 민찬이와 나, 둘뿐이었다.

> 어머니, 언제 오십니까?
> 저도 퇴근시간이 한참 지나서요.

> 지금 사람을 한 명 보냈어요.
> 지하철로 가고 있어요.
> 곧 도착할 거예요.

민찬이를 데리러 어머니 지인이 오고 있다는 전화를 받고는 미리 싸둔 책가방을 내가 대신 들고 민찬이와 복도로 나갔다. 어둑한 복도를 걷는데 민찬이가 내 왼팔을 톡톡 쳤다.

"응, 민찬이 배고프지?"

"아까 뭐 사주셔서 괜찮아요. 선생님 근데요."

"응? 나가면서 편의점에서 음료수 사줄까?"

"있잖아요…… 선생님, 저 때문에 퇴근 늦게 하셔서 죄송해요."

"아니야, 아니야, 아니야. 민찬이가 그런 말을 하게 해서 선생님이 너무 미안해."

눈물이 왈칵 쏟아졌다.

하루 늦게 퇴근한다고 세상이 무너지나?

왜 나는 아이가 보는 데서 빨리 퇴근해야 된다고

했을까?

왜 초조해했을까?

왜 아이 얼굴에 그늘지게 했을까?

왜 어른들은 이따위일까?

왜 이 정도로 형편없을까?

아이를 보내고 나서 날 비롯한 모든 게 진절머리나도록 싫고 화가 나서 교문 앞에 털썩 주저앉아 큰소리로 욕을 하며 울었다. 유난히 손이 많이 가는 아이라고 한숨 쉬었던 내가 너무 싫어서, 몇 년 안 되는 유년기를 이토록 불행하게 만들 수밖에 없는 아이의 부모가 원망스러워서, 이 아이가 커서도 받아야 하는 만큼의 사랑을 끝내 받지 못할까 봐서, 살면서 만나는 모든 어른들이 다 선의를 베풀지 않을까 싶어서.

한참을 엉엉 울었다. 하지만 나 혼자 분통을 터뜨린다고 될 일은 아니었다. 아니, 최초로 악다구니를 쓴 게 나여서 다행이었다.

이튿날부터 나는 SNS에 글을 쓰고, 아동청소년 구호 NGO와 복지기관에 수소문을 하기 시작했다. 그 중 많은 분들이 손을 뻗어 주셨다.

초등학교에서 가장 탐스럽게 피어 있는 꽃들이 아이들이라면, 개양귀비처럼 화려하진 않아도 아무 데서나 잘 피는 건 담임이라는 꽃일지 모른다.

질경이나 민들레, 쇠비름이나 개망초.

뭐가 됐든 뽑아도 뽑아도 계속 나는 들풀이 있다

면 나는 그 꽃이 되고 싶다.

집요한 그 꽃으로 불리고 싶다.

3월의 기선제압

3월 1일은 전운이 감도는 날이다.

아이들과 학부모들은 어떤 담임선생님을 만날지 몰라서, 담임선생님은 어떤 아이들을 만날지 몰라서다. 모두들 잠 못드는 날이지.

상상해보자. 난 편의점 알바생이고, 매일 어떤 손님이 올지 모른다. 늦은 시간이 되면 주로 만취 손님이나 진상 손님 들이 들이닥친다. 또 어떤 날은 진상 손님이 없을 수도 있고! 다행스럽게도 편의점은 매일 손님이 바뀌어 찾아온다.

그렇다면 교실은?

그게, 일 년 붙박이 고객님이다. 상냥하고 맘 넓은 고객님만 모시게 될 수도 있고, 관리가 많이 필요한 고객님이 꽤 계실 수도 있다.

잘 뽑아야 된다. 제발, 제에발!

"떨려요. 좋은 담임선생님 걸리면 좋겠어요!"
"떨려요. 좋은 아이들 뽑으면 좋겠어요!"

아이들이 긴장하는 것만큼이나 담임선생님도 덜덜 떤다.

3월 첫 수업 날, 기선제압을 해야 할까?

첫날이라고 생글생글 웃으면 애들이 담임을 쉽게 알고 얕봐서 일 년을 말아먹는다며 인상을 팍 쓰는 편이 좋다는 조언이 통용되던 때도 있었다. '무서웠던 선생님이 알고 보니 재밌는 구석도 있네?' 하면서 숨통을 트이게 해준다는 전략!

실제로 이런 선생님은 진짜 무서운 선생님이 아니다. 자신의 수업과 교실을 자유자재로 '통제'하지 못할 거란 공포를 가진 사람이다. 정확히는 '무서운' 선생님이 아니고, '무서워하는' 선생님이지!

나는 어떨까? 무서운 선생님일까? 무서워하는 선생님일까?

일단은 나도 기선제압을 한다. 나만의 확실하고도

개성이 넘치는 방법으로.

첫날에는 '웰컴 기프트'로 작지만 귀여운 학용품을 준비한다. 캐릭터가 그려진 수첩이나 펜 세트류면 괜찮다. 예쁜 무늬가 있는 A4 색지에 선생님이 어떤 사람인지 설명하는 편지도 써서 출력한다. 편지를 통해 최근 몇 년간은 선생님이 이런 책을 쓰고, 그림책을 번역했다고 충분히 어필한다. 어떤 반이든 러블리한 책덕후 어린이들이 포진해 있으니까! 내 든든한 아군이 되어줄 아이들. 책 동지는 원래 그렇다.

그런 다음, 지독할 정도로 아이들을 세뇌한다.

나긋나긋 말하고 상냥하게 웃는다.

실수해도 좋지만 포기는 비겁하다고 말한다.

교실 속에서 고통받는 모두의 편을 들겠다고 말한다.

일 년 후 너는, 지금의 너와는 어떤 방식으로든 다를 거고 그게 무척 기대된다고 말한다.

이렇게 만반의 준비를 해도 변수는 항상 있는 법. 단단히 준비해도 아이들의 무심한 말 한 마디에 내 단단한 결심은 언제든지 와르르 무너질 수 있지.

"아, 오늘 언제 끝나요?"
"진짜 공부하기 싫다."
"설마 이대로 짝꿍 정해진 거예요?"
"숙제 많이 내주실 거예요?"

꽤 무례한 말투에 밉살스런 목소리로 내뱉는 한마디에 머릿속에 열기가 차오르는 건 지극히 정상이지만, 거기서 말싸움이 붙는다면 고수라고 하기 힘들다. 섣부른 판단은 일단 접어둔다.

내가 주로 쓰는 전략은 반복 기법!

밉살스런 질문을 같은 방식으로 되묻는 건데, 이거 제법 재밌다. 예를 들면 이런 식이다.

"진짜 공부하기 싫다!"

"진짜 공부하기 싫어?"

"네!"

"맞아, 선생님도 사실 공부하기 싫어!
　무슨 과목이 제일 싫어?"

"영어랑 사회요."

"그럼 무슨 과목이 제일 좋아?"

"전 체육이요! 체육은 다 좋아요!"

"와, 부럽다. 선생님은 체육 진짜 싫어했거든.
　무슨 종목 잘해?"

"축구를 제일 잘하고요. 야구도 나름 괜찮아요."

"좋아하는 팀 있어? 해외? 국내?"

"우리 집은 ○○팀 응원해요."

"□□ 선수, 요새 핫하지."

"샘도 야구 좀 아시네요?"

그래서 '김여진식' 기선제압으로 일 년 교실살이

가 잘 굴러가느냐고?

물론이다. 아주 잘 굴러간다. 단 한 번도 화를 안 내고 넘어간 해도 있었다. 공책에 '참 잘했어요' 도장을 찍어주지 않아도 된다. 사실 모든 아이들이 도장 모으기 같은 보상 체계에 열광하는 것은 아니니까.

아이들은 누구나 선생님의 인정과 애정을 받고 싶어한다. 나아가 자기 스스로의 인정과 확신을 얻고 싶어한다. 선생님의 인정을 받은 아이들은 선생님을 따스함과 뚝심을 인정한다. 교실은 그렇게 아이들과 선생님의 톱니바퀴 두 개가 또로로록 맞물려 굴러간다.

그 맛을 못 잊는 나는 또 불나방처럼 달려든다.

"또 담임해볼까? 그래도 내 애들이 있어야지."

나는 어떨까?

무서운 선생님일까?

무서워하는 선생님일까?

선생님 말이 맞는데요, 기분은 나빠요

"하기 싫은데 나보고 어쩌라고요. 에이 씨X."

첫 학교로 발령난 지 얼마 안 된 신규교사 시절이
었다. 반 아이에게 난 오늘 수업 분량만큼의 공책 정
리를 하라고 했고, 실랑이 중에 그 아이는 하기 싫다
고 바락바락 화를 냈다. 마지막에 붙은 '에이 씨X'을
듣고 마음을 다스리지 못했던 건 아직 어린 교사였기
때문이었겠지.

결국 불같이 화를 내고 아이의 비자발적인 사과를
받아냈다. 아이는 "죄송합니다"라고 억지로 말했지
만, 눈으로는 여전히 그보다 더한 말들을 쏟아내고 있
었다. 그 눈빛은 뭐냐고 묻고 따져서 눈을 내리깔도록
하고 싶은 마음이 굴뚝같았지만 소용없는 일이었다.
아이가 겉으로는 고개를 숙여도 마음속으로는 눈을
치켜뜨면 그만이니까.

이리저리 잔 기스가 잔뜩 난 마음은 교직에 있는
친구들을 만나 풀기 마련이었다. 그날은 초등교사인

친구와 중학교에 근무하는 친구 들이 섞여 있는 자리
에서 토해냈다.

　　"야, 나 오늘 학교에서 우리 반 애한테 무슨
　　　소리를 들은 줄 알아?"
　　"뭐라고 했길래?"
　　"'에이 씨X'이라고 했다니까?"
　　"그게 다야?"
　　"그게 다라니? 내 앞에서 직접 '에이 씨X'이라고
　　　했다니까!"
　　"별거 아니네. 난 화장실 가면 애들이 밖에서
　　　'XX 담임년'이라고 하면서 막 욕하던데?"
　　"헉! 넌 그런 말 들어도 괜찮아?"
　　"맨날 듣는데 뭐. 내 앞에서만 안 하면 돼. 하하."

　　교직 경력 십오 년이 넘은 지금도 어른이건 아이
건 누군가가 내 눈을 똑바로 보면서 '에이 씨X'이라

고 말하면 난 괜찮을 것 같지 않다.

아, 사람이라면 당연하지. 그게 어떻게 괜찮아?

그런데 이런 경우는 차라리 낫다. 꾸중이 듣기 싫다는 표현을 아이가 일시적으로 욕설로 배출하는 정도라고 생각하면 그만이니까. 그런데 내가 누군가에게 화를 내거나 꾸지람을 하거나 얼굴을 붉힌 적도 없는데 날 싫어한다면? 아이들이 그럴 수 있느냐고?

당연히 있다.

그해 난 영어 전담을 맡았다. 4학년과 5학년, 6학년의 수업을 고루 들어갔고, 일주일에 스물세 시간 정도를 가르치면 되었다. 늘 그렇듯 다정하고 유쾌하게 다채로운 수업을 준비해서 들어갔고, 아이들이 내 수업을 좋아해주니 더 이상 바랄 게 없었다. 이상함을 감지한 건 딱 한 반만 들어가는 6학년 수업에서였다. 발표를 해야 할 때마다 여학생 몇 명이 늘 못마땅한 표정으로 대답을 했다. 하지만 그 삐딱한 감정이 날

향한 것인 줄은 알지 못했다.

"Hey, how's it going everybody!"

밝게 인사하면서 교실에 들어갔을 때, 귓가에 들려오던 수런거림. 아주 큰 소리는 아니었지만 뭉개져 들릴 만큼 작은 소리도 아니었다.

"아, 또 저 옷이야."

"촌스러운 것도 모르나 봐."

"취향이 구린 거겠지 뭐."

"틴트 색도 개구려."

내가 저런 말을 왜 들어야 하지?

내 수업 내용에 관한 컴플레인도 아니었고, 내가 그 아이들에게 훈육을 한 적도 없었다. 그러다가 떠올린 거다. 6학년 수업이 있는 요일에는 숨이 턱 막혀오고, 급식을 먹다 체하고는 했다는 것을.

우연히 컨디션이 좋지 않은 날인가 생각했는데,

아니었다. 그 세 명이 내 옷차림과 화장을 보고 조롱하던 그날은 이미 가을이었고, 그런 이유 없는 조롱이 처음이 아닌 것도 그제야 확신할 수 있었다.

"방금 뭐라고 했어?"
"뭐가요?"
"입술 색이 뭐 어떤데? 내 옷이 촌스러워?"

들은 대로 똑같이 읊었다. 그 아이들은 아니라고 발뺌도 하지 않고 고개를 숙인 채 책상만 내려다보았다.

"수업이 별로라면 선생님한테 고쳐달라고
하면 돼. 왜 외모랑 옷차림으로 사람을 판단해?
나도 우리 집에선 우리 엄마가 낳은 귀한
딸이야. 너희처럼."

고작 열세 살짜리 아이들이 속살거린 말에 내가

이렇게 흔들린다고?

그래, 흔들렸다. 갑자기 감정이 격해지더니 눈물과 콧물이 동시에 흘러나오기 시작했다.

"나 한 번도 너희에게 말과 행동, 거칠게 한 적 없잖아. 내가 왜 이런 대접 받아야 해?"

내가 울먹거리니 되레 다른 아이들이 숙연해져서 일제히 고개를 숙였다. 왜 매번 잘못 없는 아이들이 더 반성해야 하는가!

선생님이 극한직업인 이유는 사십 분 매직에 있다. 울고, 화내고, 폭발하고, 욱하고, 분노하고, 부들부들 떨었다 치자. 나를 조롱하고 대놓고 욕을 한 아이들이 내 코앞에 앉아 있다고 치자. 그러고 나서 수업 시간이 삼십 분이나 남았다고 치자. 영락없이 나는 그 나머지 시간에도 수업을 해야 한다. 아무리 기분을 잡쳤어도 사십 분은 내가 감당해야 한다. 그리고 그날도 그랬다.

눈물 콧물 질질 짜고서는 목소리를 가다듬었다.

"자, 42쪽이야. 오늘은 물건의 위치가 어디 있는지 묻고 답하는 말을 배우는 시간이 될 거야, 알겠지?"

나중에 그 6학년 여학생 세 명은 나름대로 정성스럽게 사과 편지를 썼다. 이유 없이 영어 선생님께 상처를 줘서 죄송하다는 내용이었다. 사과 편지는 담임 선생님을 통해서 전달받았고, 내 마음도 어느 정도는 풀렸다. 그리고 다시 찾아온 그 반의 수업 시간, 살짝 기대감을 안고 교실 안으로 들어갔지만 그 아이들의 냉소적인 태도는 변함이 없었다.

사람이 사람을 싫어하는 데에 때론 별 이유가 없다. 한쪽이 아무리 노력해도 관계가 개선되지 않을 때도 있다. 담임선생님은 그 아이들이 자기에게는 한없이 예의 바른 아이들이라고 했다. 그 이야기를 들으며 나는 가슴속 생채기가 더 깊어지는 걸 느꼈다.

세상에는 큰 이유 없이 날 좋아해주는 아이들이 있고, 별다른 이유 없이 날 싫어하는 아이들이 있다. 그걸 알면서도 상처받은 내색을 꾹꾹 숨기고 반복되는 사십 분을 감당해내는 것, 그 아이들이 아무렇지 않게 날 할퀴고 생채기를 내더라도 끝내는 멋진 어른으로 성장할 거라 믿는 것, 그것이 내 일이다.

아픈 뺨을 또 맞는다고, 그 자리에 굳은살이 박힌다고, 슬픔과 고통이 무뎌지는 것은 아니다.

하지만…….

나는 프로니까.
나는 선생님이니까.

기꺼이 다른 뺨을 내밀 거다.

내 아이의 이중생활

"우리 애가 작년엔 안 그랬거든요?"

학부모의 말에 뭐라고 해야 할지 말문이 턱 막힌다. 그리고 그 말이 100퍼센트 진실일 거라고 믿어 의심치 않는다. 지금 보이는 여러 곤란한 행동을 작년에는 아마 하지 않았을 거니까. 그럼 어떻게 된 거냐고? 어제의 내가 오늘의 내가 아니듯, 작년의 그 아이는 올해의 그 아이가 아닐 뿐이다. 유일한 문제이자 진리가 있다면 아이는 하루가 다르게, 어느 방향으로 뻗어 나갈지 예측할 수도 없을 만큼 몸과 마음이 크고 있는 중이라는 것.

그렇기에 학부모 상담 주간이 다가오면 교사들은 딜레마에 빠진다.

어디까지 진실을 폭로해야 할 것인가.

동욱이 어머니는 학급의 모든 행사가 매끄럽게 돌

아갈 수 있도록 늘 신경을 쓰는 분이었다. 가끔 아이와 관련해서 통화를 할 때면 어머니 특유의 다정한 말투, 상냥한 목소리 덕에 전화를 끊고 나서도 기분이 밝아질 지경이었으니까. 한마디로 아주 교양이 있는 분이셨다. 교육열도 손에 꼽히게 높으셨고 동욱이는 수학, 과학에서는 아주 돋보이는 영재였다.

그러니까 그게 더 문제였달까.

학부모 상담 주간이 다가올수록 나는 점점 더 초조해졌다. 동욱이 어머니한테 뭐라고 말씀드려야 할지 머리를 써야 했다.

"아유, 선생님. 수고가 많으시지요.
 우리 동욱이, 공부는 좀 어떤가예?"
"입 댈 게 없지요. 전 과목 아주 우수하고요.
 수학이랑 과학은 탁월한 수준입니다, 어머니."
"선생님 덕분이지요."

내 덕분일 리 없었다. 아이의 타고난 재능에다 오롯이 어머니의 피땀으로 빚어낸 성과일 테니. 이대로 어영부영 상담 시간이 끝나버리면 좋으련만, 어머니의 눈빛은 더욱 아이에 대해 알고 싶다는 의욕으로 빛나고 있었다.

이제 다른 것도 물으실 텐데 어쩌나······.

"우리 애, 교실에서 친구들하고는 무난하게
  잘 지내고 있는가예?"
"아, 그······ 렇죠. 아이들하고 놀 때 보면 즐거워
  보입니다!"
"특별히 문제점은 없지예?"
"그····· 요거를 말씀드려도 될지 고민을 하긴
  했는데요 어머니."

어머니의 표정의 사뭇 진지해졌다. 나도, 동욱이 어머니도, 침을 꼴깍 삼켰다.

"언어 생활이 살짝, 거친 편입니다."

"네? 우리 동욱이가요?"

"네. 그게 욕설을 많이 해서 아이들이 무척
불쾌해하고, 저에게 달려오는 경우도 많아요."

"선생님, 어머 선생님. 우리 동욱이가요?"

동욱이 어머니가 양손을 부여잡고 숨을 헐떡이시
더니 울음을 터뜨리셨다. 충격을 단단히 받으신 모양
이다. 급히 티슈를 챙겨와 어머니께 내밀었다. 어머니
는 한참 말씀을 잇지 못하셨다. 그러고는 간신히 입을
떼셨다.

"우리 동욱이가요······. 외동아들이기도 하고,
할머니랑 살아요. 할머니랑 저한테 얼마나
예쁘게 말하고 행동하는지, 저희는 아기 천사라고
불러요."

"어머, 정말요?"

"거친 말이나 험한 말을 입에 담은 적도 없고,
절대 쓰지 않도록 예절 교육을 매일 해요.
선생님, 정말 죄송합니다."

1차 충격을 어머니가 받았다면, 2차 충격은 내가 받았다.

동욱이가 아기 천사라고?
욕을 내뱉어본 적이 없다고?

별의별 더러운 욕, 야한 욕, 모멸감을 주는 욕을 찰지게 구사하는 애였다. 다른 애들도 대적해보려고 애를 쓰지만 동욱이의 욕 구사 수준은 그야말로 '어나더 레벨'. 학교에서는 공부도 잘하는 애, 욕도 잘하는 애로 통했다.

사람들은 아이의 행동이 바르지 못하면 '부모한테

가정교육을 잘못 받았네'라고 쉽게 추측한다. 실제로는 그런 가정도 많이 있다. 하지만 성실한 부모 아래서 바른 예절 교육을 받았어도 아이가 그걸 고스란히 흡수하느냐는 또 다른 문제다. 솔직히 말해보자.

부모님이 술 담배 하라고 가르친 사람 있나요?
이젠 흑역사로 꽁꽁 숨겨둔 별별 못난 짓들,
부모님이 가르쳐준 거냐고요!
각자 여기저기서 재주 좋게 배워온 거잖아요!

동욱이 어머니의 울음이 잦아들고 나서 우리 둘은 거의 동시에 한숨을 포옥 쉬었다. 그리고 고개를 들어 눈이 마주쳤는데, 좀 민망해서 같이 픽 하고 웃었다. 일종의 동지 의식이었달까.

누구나 부모는 처음이다. 나도 이 아이의 담임이 되는 건 처음이고. 난 동욱이의 욕설을 완벽하게 고치지 못하고 6학년으로 올려보냈다. 이미 십육 년 전의 일이니, 녀석은 이제 그때의 나보다 더 나이가 많아졌을 것이다.

스물여덟 살의 동욱아, 밥은 묵고 다니냐?
지금도 욕 많이 하냐, 시끼야.
할머니는 잘 계시는 거야?
공부도 잘하고 욕도 잘하는 네 녀석이
문득 그립다.

고민을 들어주면 미워할 수 없잖아요

중2 때 담임이었던 오○○ 선생님은 화사하고 뽀
얀 얼굴에 윤기가 흐르는 웨이브 단발머리를 하고 있
었다. 입술은 채도가 가장 높은 붉은빛. 게다가 맡으
신 과목도 폼 나게 미술이었고, 아이들도 선생님을 잘
따랐다. 선생님은 외적으로나 내적으로나 아름다워서
흠 잡을 데가 없었다. 그래서 난 그런 선생님이 괜히
싫었다. 욕을 하고 다닐 정도로 싫었다.

번호 순서대로 담임선생님과 상담을 하는 주간,
내 차례가 되어 교무실로 들어갔다.

내가 선생님을 싫어하는 걸 알고 계실까?

그런 못난 생각과는 전혀 어울리지 않는 향기가
선생님의 원피스와 머릿결에서 풍겨왔다.

젠장, 예쁘면서 냄새까지 좋은 거냐!

내가 당신을 싫어한다는 티를 내야 할지, 세상 모
든 일에 무관심하다는 표정을 지어야 할지, 옹졸한 나
는 아직 결정을 못 하고 있었지.

"여진이는 요즘 고민이 있어?"

고민 없는 사춘기는 어불성설!

팔뚝에 동그란 흉터를 남기는 불주사 말고 광기가 도지는 불주사라도 맞았나? 몸과 마음에도 폭풍이 치고, 성적에도 회오리가 불어오던 시기였다. 내세울 거라고는 꽤 상위권이었던 성적, 고작 그것 하나뿐이었는데 중2병이 심하게 들이닥치면서 성적도 곤두박질치고 있었다. 머릿속으로는 시크하게 '없어요' 하고 싶었는데 내 의지와 관계없이 얘기가 술술 나왔다.

"성적이 왜 이런지 모르겠어요."
"성적이 고민이야?"
"네, 학원 같이 다니는 지민이라는 친구가
  있거든요? 원래 제가 훨씬 잘했는데 어느 순간
  그 친구가 저를 제치고 올라섰어요. 자존심도
  상하고……. 어떻게 해야 할지 모르겠어요."

인상을 팍 쓰고 들어갔는데 어느 순간 순한 양이 되어서 눈물이 똑똑 흘리고 있었다. 모든 걸 내려놓고 우는 아이를 미워하는 선생님은 세상에 없다. 분명 선생님은 내가 자길 썩 내켜하지 않는 학생인 걸 느낌으로 간파하고 있었을 거다. 그런데도 '꼴좋다' 하는 표정을 짓지 않았다. 고개를 천천히 끄덕이면서 등을 토닥여주셨을 뿐이었지.

"여진이가 노력을 안 하는 것도 아니고,
　중간고사 기말고사 때마다 애쓰는 게 보이던데?"
"(훌쩍훌쩍)……."
"지금은 실패의 시기가 아니고, 여진이가
　더 높이 점프하려고 몸을 낮춘 시기 같은데?"

졌다.
완벽하게 졌다. 학생들에게 인기도 많고, 여드름도 한 톨 없는 매끈한 얼굴만 봐도 짜증나고 재수 없었던 선생님한테 K.O패 당했다. 나더러 더 높이 점프하려고 몸을 낮춘 시기 같다는데, 그렇게 축복을 내려주는데, 더 이상 어떻게 선생님을 싫어하라고?

똥 같은 자존심이 있어서 그 일이 있었다고 선생님을 와락 좋아하게 되진 않았다. 하지만 도저히, 아무리 애를 써도, 원래처럼 선생님을 싫어할 순 없게 됐다. 아니다. 이십오 년이나 지난 지금에야 고백하건대 난 그 순간부터 선생님을 좋아하게 되어버렸다. 고민을 들어주는 사람을 어떻게 계속 미워하라는 거야?

그렇게 간혹 선생님들을 이유 없이 미워하고 욕하고 다니던 내가 선생님이 된 건 지옥의 형벌 같은 거였을까. 나도 오○○ 선생님과 똑같은 꼴을 당해봤어야 하는데 사실은 그렇지 않았다. 지옥의 형벌 대신 아주 가끔씩 정신이 번쩍 들 정도로 비밀스런 말들을 속살거리는 아이들이 있었다.

어쩌면 부모보다 하루에 더 많은 시간을 보내는

존재가 담임선생님일 테니 자연스러운 일인지도 모른다. 가장 가깝고도 가장 멀리에 반 아이들이 있었다. 한번은 우리 반 유현이에게 간택을 받았다. 학급 홈페이지 일대일 채팅을 통해서였다.

"선생님, 저는 제가 원하는 꿈을 꿀 수 없어요."
"유현아, 왜?"
"아시잖아요. 저는 글을 잘 쓰기도 하고
 좋아하는 거. 그래서 작가가 되고 싶은데요."
"응. 작가 하면 되지!"
"엄마는 밥 빌어먹기 딱 좋은 직업이래요.
 당장 바꾸래요."

유현이의 고민을 듣고 진심으로 기뻤다. 참을 수 없이 기뻤다. 나는 저 아이와 똑 닮은 고민을 했고, 엄마한테 비슷한 말을 듣고 꿈을 고이 접어봤으니까. 이 고민에 대해서라면 확신에 찬 나만의 답변을 해줄 수 있었다. 내 어린 시절의 좌절이 이렇게 쓸모가 있을 줄이야!

"엄마, 나 통역사나 번역가가 되고 싶어!"
"니가 하면 개나 소나 다 하게?"
"엄마, 작가가 되어보고 싶어!"
"굶어 죽는 1순위 직업이야"

열두 살 무렵이었던 나는 나보다 현명하고 세상을 잘 아는 우리 엄마가 그렇게 판단했다면 그게 맞다고 생각했고, 다시는 그 직업들을 입에 올리지 않았다. 평범하기 그지없는 나는 그런 꿈을 꿀 수도, 꿔서도 안 된다고 생각했다. 그러나 난 보란듯이 글을 써서 인세를 받고, 번역을 해서 돈을 버는 사람이 되었다. 삼 년 전만 해도 상상해본 적도 없었던 일이었는데.

글쎄, 그렇게 되었다.

"유현아! 다른 직업을 갖고도

동시에 작가가 될 수 있어!

세상엔 청소하며 글 쓰는 사람,

의사 하며 글 쓰는 사람,

운동하며 글 쓰는 사람, 온갖 작가가 있어.

불가능한 게 아니야. 나도 그렇잖아!

선생님 하면서 작가도 하는데?"

"아, 그렇네요!"

"엄마도 미래의 직업에 대해선 알지 못해.

오 년 후도 모르는데 십 년 후를 어떻게 알아!"

"그건 맞아요."

"그러니까 엄마한텐 알겠다고 대답하고,

넌 너만의 은하만큼 큼지막한 꿈을 마음속으로

키워. 다른 건 몰라도 네 마음 깊숙한 어떤

부분은 그 누구도 터치할 수 없어.

그건 온전히 네 거니까!"

ㅠㅠ로 시작된 채팅은 ㅋㅋㅋ로 마무리됐다.

나는 매일 아이들의 표정에서 어린 버전의 나를 발견한다. 가능성의 문 앞에서 노크하지 못하고 뒤돌아서는 아이들의 발걸음을 날마다 목격한다.

나 또한 살뜰한 '괜찮아?'와 확신에 찬 '괜찮아' 사이에서 충분히 위안받았다. 그렇기에 고민을 품고, 친구들이 알아챌까 눈치를 보며 주춤주춤 다가오는 여린 발걸음들을 기다린다. 고민하다 뒤돌아서는 뒷덜미를 잡아채고, '이리 오너라! 냉큼 이리 와서 다시 두드리지 못할까!' 호통친다. 그들에게 내어줄 자유시간 초코바를 주문하면서.

어서오세요.

제발 오세요.

다 들어줄게요.

부장 됐어?

승진이야?

"김 선생님, 교장 선생님께서 찾으십니다.
 잠시 내려오셔요."

12월 즈음이었다. 수업을 마치고 한숨 돌리며 털썩 교탁 앞에 앉아 있을 때였다. 교감 선생님의 전화를 받고 정신이 바짝 들었다.

혹시 내가 뭐 잘못한 게 있나?
공문을 잘못 올렸나?
업무에서 실수한 게 있나?
학부모 민원 전화가 왔나?

짚이는 게 전혀 없었다. 그렇다고 전화로 무슨 일인지 여쭙기도 뭣해서 한달음에 교장실로 달려갔다.
"아, 잘 왔어요. 여기 앉으세요."
"제, 제가 뭘 잘못한 게 있나요?"
"에? 그런 거 없어, 없어. 좋은 일이니까 편하게 앉아요."

좋은 일?

교장실에 불려와서 좋은 일은 더더욱 없을 텐데.

"거두절미하고 김 선생님, 내년에 부장 한번 해보지. 정보부장 하면 되겠어."

올 것이 왔다.

언젠간 오겠지, 하지만 아직은 아니야, 하며 애써 모른 척해왔던 그것이 들이닥쳤다.

"아, 아뇨! 저는 능력이 안 됩니다. 능력자 선생님들이 많으실 텐데요. 저는 컴퓨터 포맷도 못 하고요!"

"이참에 배우면 좋잖아! 학교를 옮기면서 부장 경력도 없으면 어떡해! 해보고 가야지."

'No'라는 옵션은 애초에 없었을 테지.

후보들을 쭉 돌고 돌았으나 나서는 사람이 아무도

없어 마침내 내게 도착한 자리.

그렇게 난 정보부장이 되었다.

이 소식에 교사인 친구들과 교사가 아닌 친구들의 반응은 극명히 나뉘었다.

"정보부장…… 힘내요. 여진 샘."

"많이 힘들겠지만 샘이니까,

해낼 수 있을 거예요."

아무도 일이 적다고, 그리 힘든 자리가 아니라는 섣부른 위로를 해주지 않았다. 일이 많고 힘든 게 맞다고 했다. 그렇지만 나라면 해낼 수 있을 거라고도 했다. 그 말들에 나는 완전히 공포에 질렸다.

"어머, 여진이 부장 됐어? 축하해!"

"승진한 거지? 넘 잘 됐다!"

"정보부장이면 안기부? 뭐 스파이 같은 거야?"

친구들은 사원, 대리에서 과장을 거쳐 부장이 되는 회사를 떠올린 걸까?

천진난만하게 부장을 달게 된 걸 축하해주는, 교직에 대해 전혀 모르는 친구들 때문에 헛웃음이 피식피식 나왔다.

그런 거 아니라고. 나 새 됐다고!

교사들의 승진 단계는 아아아주 단순하다. 평교사, 교감, 교장. 이게 끝이다(물론 시험에 응시해서 교육청 장학사가 되는 루트도 있다). 그럼 부장교사는 승진 피라미드 단계 중 어디에 해당되느냐고?

부장 자리는 승진 피라미드에 따로 자리하지 않는다. 부장교사도 평교사다! 부장교사도 똑같이 학급을 맡아 아이들을 가르치면서 여분의 과중한 업무와 책임을 맡는다.

아, 부장 수당이 있긴 하다. 7만원!

"하루에 7만 원인 거야?"

친구야, 이건 안 묻길 바랐는데 꼭 물어야 되니?
한 달에 7만 원이라고, 한 달에!

7만 원을 삼십 일로 나눠보면 하루에 2천 300원을 받고 과도한 업무를 감당해야 하는 것이다. 참고로 부장 수당은 십팔 년째 동결이다. 책임은 막중하고, 과한 희생을 요구받는 대신 7만 원을 추가로 받는다. 글쎄, 이걸 교사 개인의 봉사 정신으로 해결할 일인가. 나는 안 받고 안 하고 싶은데, 내가 이기적인 거야?

부장교사가 되고 나서 일 년간 내가 접수하고 결재 및 기안한 공문의 개수는 총 6백 73개. 수업 일수인 1백 90일로 나눠보니 하루 평균 3.5개였다. 무슨 공문인지 읽어보고, 처리하고, 공문을 써서 보고하려면 공문 한 개당 얼마의 시간을 소요해야 할까?

내가 한 해에 6백 73개의 공문을 처리했다고 SNS에 올리자 어떤 선생님은 '저는 1천 1백 24개요……'라고 댓글을 달아주셨다(아멘!).

교사는 하루에 평균 다섯 시간의 수업을 소화한다. 다섯 시간의 수업을 준비하려면 한 과목당 연구 시간을 최소 삼십 분씩만 잡아도 백오십 분, 즉 두 시간 반이다. 다섯 시간의 수업에다 두 시간 반의 수업 연구 시간을 합치면 이것만으로 벌써 일곱 시간 반이다. 산술적으로는 그렇다.

부장을 하며 공문함에 빨간 숫자가 떠 있으면 호흡이 심하게 가빠오는 증세를 느꼈다. 9시경에 공문 네 개를 처리했는데, 11시 즈음에 또 다른 공문 세 개가 도착해 있었던 적도 있었지. 처음 맡은 업무였으니 그 수백 개의 공문이 다 낯설었고, 매번 어두운 동굴을 더듬거리며 지나가는 것만 같았다. 전임자는 학교를 떠나서 없고 안건에 대해 물을 사람도 없을 때, 나는 교사인가 행정가인가 스스로에게 묻다가 아무도 없는 교실에서 울던 나날도 있었다. 숨을 제대로 쉬지 못하던 그때, 이제 와서 생각해보면 공황 초기 증세가 아니었을까 추측한다. 그 괴롭고 고통스러웠던 시기를 잘 버텼다 싶다.

그리고 이제야 솔직하게 털어놓는다.

부장을 맡은 해, 근무 시간 안에 철저한 수업 준비와 완벽한 업무 수행은 불가능했다. 절대적인 시간의 합이 무조건 여덟 시간을 훌쩍 넘어갔다. 하루에 6교시의 수업을 연속으로 해내고, 오후에 같은 학년 선생님들과 회의를 하다 중간에 양해를 구하고 나와 부장 회의에 들어간다. 그것만으로 이미 퇴근 시간이다. 내일 수업 준비는 퇴근 시간을 넘긴 시각부터 시작하는 셈인데, 내 나쁜 머리를 아무리 굴려봐도 불가능한 시간이란 말이지.

어쩔 수 없는 상황에서 부장직과 같은 심각하게

과중한 업무를 맡은 교사들은 결국 둘 중 하나를 갈아넣는다. 학급을 소홀히 하거나, 자신의 몸과 마음, 건강을 탈탈 갈아서 집어넣는 거다. 어느 쪽이 됐건 결과는 긍정적이지 않다.

내가 부장을 맡지 않고 교직 생활을 해온 십수 년간, 많은 교사들이 그걸 도맡아왔을 거다. 내 수업과 학급운영에 정성을 쏟을 수 있었던 건 내가 누군가에게 빚을 졌다는 소리기도 하다.

돈으로 끝내 채워지지 못하는 것들이 세상엔 더 많다. 그렇다면 그 자리에는 빛나는 자긍심들이 보석처럼 콕콕 박혀야 한다고 믿는다.

유달리 희생적이고 봉사 정신으로 무장된 교사들만이 자긍심을 느낄 수 있는 교실을 반대한다. 합리적인 시스템으로 오로지 수업과 아이들에게 몰두할 수 있는 교실을 어렴풋이 그려본다. 당연한 상상인데도 현실은 아직 멀고도 헛되다.

'······힘내요, 여진 샘.'

그 괴롭고 고통스러웠던 시기,

잘 버텼다 싶다.

추앙받지 않을 용기

이글이글 불태우듯 달궈진 연인들의 사랑도 언젠 가는 식는다. 그렇다고 모든 연인이 헤어진다거나 더 이상 사랑하지 않는다는 뜻이 아니다. 비정상적으로 뜨거워서 지속 가능하지 않아 보였던 관계가 일상생 활이 가능할 정도로 은은한 온도로 내려간 채 유지된 다는 뜻이지.

교사와 아이들 사이에도 온도의 변화가 있을까?

말하면 입 아프다. 너무도, 당연하게도 있다!

빠른 년생이었던 나는 어영부영 쳤던 임용에 바로 합격하고 그해 바로 발령을 받았다. 겨우 스물세 살이 었다. 내가 누굴 지혜롭게 가르칠 수 있을 거라고 자 신한 건 아니었지만, 근본 없는 자신감 하나는 있었 다. 아이들이 날 좋아할 거라는 자신감. 우연이었겠지 만, 교생 실습 때 참관했던 연세 지긋한 선생님들의 수업에서 크게 자극을 받을 정도로 매력적이었던 부 분은 없었다. 내가 교사로 발령받으면 아아주 창의적이고, 눈이 번쩍 뜨이고, 신선한 산들바람 같은 수업을 할 수 있을 것만 같았다. 무엇보다도 아이들이 '우리 선생님 최고, 최고!' 하며 나만 바라볼 것 같았다. 그리고 실제로 그런 몇 년을 보냈다.

"선생님, 우리 애가 선생님이 너무 좋대요."

"담임선생님이 누군지 알고 진짜 기뻐했어요."

세상에서 가장 특별한, 둘도 없는 나의 캐릭터에서 뿜어져 나오는 엄청난 아우라!

교실을 가득 메운 유일무이하게 멋진 우리 반 아이들과 나의 수업!

"선생님 옷이 너무 예쁘세요."

"날씬하세요."

"다른 반 애들이 우리 반 진짜 부럽대요."

애들은 갖은 칭찬을 해댔고 나는 기꺼이 칭찬을 받았다. '더! 더! 더 해봐!' 하는 심정이었으니까.

그 호시절을 겪어내며 실시간으로 스스로를 객관화하는 사람이 있다면 정말 대단한 게 아닐까. 난 내 뜨거움에 취해서 이게 일종의 '자아도취'라는 걸 그때 알지 못했다.

옆 반 선생님은 단정한 쇼트커트에 몸집이 아담한 분이었다. 발령받은 지 이 년도 채 되지 않은 내 눈에는 거의 고조선 시대의 조상님처럼 보이는 선배 교사였다. 육안으로 세월을 정통으로 맞으신 선생님의 신체를 확인할 수 있었다. 머리는 한 올도 빠짐없이 새하얗게 세었고, 목소리는 다 벗겨진 나무껍질처럼 거칠거칠했다. 아이들은 3학년 4반 선생님을 "할머니 선생님!"이라고 불렀고, 나도 속으로 그렇게 생각했다. 곧 화석이 될 것 같은 사람, 월급을 많이 받지만 주목할 이유가 없는 나이 많은 선생님일 거라고.

중간 놀이 시간에 긴급한 학년 회의가 열려 한 교실에 모여 있었던 때로 기억한다. 교실 문이 드르륵 열리더니 아이 두 명이 숨을 헐떡이며 들어왔다.

"여기 4반 선생님 있어요?"
"여기 계셔. 근데 무슨 일이야?"
"연지가 넘어져서 무릎에서 피가 나요.
　많이 까졌어요!"
"아이고, 연지가 그랬구나!"

다른 선생님들이 "밴드 좀 찾아볼게요" 하고 분주하게 움직이고 있을 때, 다쳤다는 아이가 교실로 훅 달려 들어와 그대로 4반 선생님의 조그마한 몸에 폭 안기는 게 아닌가. 선생님이 아무 말 없이 아이를 안았을 때, 아이는 그제야 여기가 바로 목 놓아 울어도 되는 곳이라는 듯이 엉엉 울었다. 그건 담임선생님으로서의 포옹이 아니었다. 아이는 담임선생님이 아니라 할머니에게 안겨서 울고 있는 것 같았다. 4반 선생님은 세월에 해져 빼곡이 난 흰머리와 거칠거칠한 목소리로 아이를 안고 있었다. 한참을 안겨 울더니 아이는 아무렇지도 않게 생긋 웃으며 교실을 빠져나갔다.

내게 온몸을 맡긴 채 눈치 보지 않고
울 아이가 있을까?
내가 그 정도의 곁을 내주었나?

4반 선생님이 의도하지 않은 찰나의 아우라에 완전히 압도되었다. 나는 마치 데뷔곡으로 큰 인기를 얻어 목에 힘이 잔뜩 들어간 신인가수 같았달까. 4반 선생님의 연륜에서 묻어나는 인품은 우연히 리허설에서 만난 조용필의 무대 같았고, 그분에게 흘러나오는 완숙함과 너그러움, 세월이 준 아름다움과 여유가 선생님을 저절로 추앙할 수밖에 없게 했다.

그 뒤로 나는 내 나이의 앞 숫자를 두 번이나 갈아

치웠다. 예전처럼 싱그럽고 예쁘고 상큼하고 뜨겁지도 않다. 이젠 그런 물리적인 요소로는 추앙받을 수 없다. 어디 그뿐이랴. 머리가 새하얗게 세고서도 사랑받을 수 있을지 나는 확신하지 못한다. 자신 없고, 두렵고, 적당한 순간을 찾아 안전하게 퇴각하고 싶다. 그럼에도 끝까지 가보고 싶다. 자신만만하게 내세울 게 없어진 후에도 교실에서 함께 울고 웃을 수 있는지, 조건 없이 아이들에게 곁을 내어줄 수 있는지, 감정적으로 밑지는 장사를 계속해볼 수 있는지, 추앙받지 않아도 다시 분필을 잡을 용기를 내어볼 수 있는지.

알고 싶어서, 나는 버펄로처럼 푸르릉푸르릉 콧김 뿜으며 끝까지 가보고 싶다.

후드를 뒤집어쓰고 고갤 숙인 너에게

"너 아마추어야? 교사가 그래도 돼?

 그런 말이나 내뱉어도 되냐고!"

이런 말을 다른 사람에게 들었다면 눈알을 까뒤집으면서 "니가 뭘 알아? 교실에 와봤어? 하루라도 애들을 감당해봤어?"라고 대꾸했을지 모른다. 하지만 집요하게 그 질문을 하며 파고드는 게 나 자신이라면…… 피할 구석이 없다.

어쩜 그렇게 미숙했지?

되돌아보면 킥킥킥. 후회의 이불킥.

내 말과 행동들을 'Ctrl+Z'로 '실행 취소' 하고 싶은 순간들이 너무 많다. 내가 아이들에게 받은 상처 때문이 아니다. 내가 아이들에게 준 상처들이 떠올라서다. 그 아이의 마음에 새겨진 내 가시 돋친 말들이 이제는 아물었을까?

내 혀에는 아직도 그 말들이 도깨비바늘처럼 붙어 있다.

소현이는 말이 없는 아이였다. 교사와 학생 사이에도 궁합이 있다면 우린 썩 좋은 궁합이 아니었다. 문제를 일으키는 경우는 없었지만 크리스털 잔처럼 안에 무슨 액체를 담고 있는지 투명하게 자신을 보여주는 게 나라면, 소현이는 투박한 머그잔 같았다. 안에 뭘 담고 있는지 알 수 없었다. 표정만 보고는 무슨 생각을 하는지 추측하기 어려웠고, 말이 아주 느렸다. 소현이는 스스로 나서서 발표를 하는 일이 좀처럼 없었고, 반 전체 발표를 시켜야 간신히 작은 목소리나마 들을 수 있었다.

　　"자, 오늘 사회시간에 배운 것, 기억나는 것을 한 가지씩만 돌아가며 발표할게요. 창가 쪽 줄부터 시작해요."

　　아이들은 눈치가 빨랐다. 수업 시간에 집중을 안 하고 있던 녀석들도 다른 친구들의 발표를 얼른 주워듣고 간단하게 발표할 한 마디를 준비했다. 그렇게 그 수업이 순조롭게 마무리가 되어가는가 싶었다. 이윽고 소현이의 차례였다.

"소현아, 오늘 배운 것 하나만 발표해볼까?"

"······."

"친구들이 발표한 걸 그대로 따라 해도 좋아."

"······."

속에서 천불이 났다.

발표해라, 좀 해라, 하라고 쫌!

속으로 마구 외치고, 심호흡을 하고, 다시 도전.

"모르면 '모르겠어요'라고 말해줘. 그러면 넘어갈
게."

"······."

무슨 영문인지 알 수 없었다.

적극적이진 않지만 수업 참여는 하는 아이인데
오늘따라 왜 이래?

"'모르겠어요'라고만 하면 된다니까? 응?"

"……."

"지금 뭐 하는 거야! 너 말 안 하면 못 넘어가! 알겠어? 너, 수업이 우스워?"

"……."

소현이가 그날 무슨 생각을 했는지 나는 아직도 모른다. 다만 나는 완전히 이성을 잃어버렸다. 얼굴이 점점 벌겋게 달아올랐고, 길길이 소리를 쳤다. 소현이가 수업에 대한 최소한의 성의도 보이지 않는다고 생각했다. 그러나 먼저 흥분하는 쪽이 진다고 했던가.

그런 의미에서 나는 그날 소현이에게 완벽히 졌다. 소현이는 끝까지 입을 떼지 않았고, 나도 더는 말을 시킬 수 없었다. 억지로 입을 떼게 할 방법은 없었으니까.

수업이 끝날 때까지 소현이가 앉아 있는 쪽을 쳐다보기 민망했다. 화를 내고 나면 상대방 눈을 보기가 어려워진다. 그래도 아무렇지 않은 듯 이쪽저쪽 골

고루 아이들과 시선을 맞추며 수업을 진행했다. 그러다 소현이를 힐끗 봤을 때, 소현이는 후드 티의 모자를 뒤집어쓰고 있었다. 아이의 얼굴에 후드가 만들어낸 그늘이 드리워져 있었다. 나는 아무것도 아닌 일에 교사의 자존심을 걸고 소현이의 마음에 그늘을 드리웠다. 그렇게 아이들이 하교한 뒤에도 소현이의 보라색 후드만 눈앞에 어른거렸다. 울고 싶었지만 울어서도 안 되었다. 내가 무슨 염치로 우나?

고민 끝에 학급 홈페이지에 접속해 글을 쓰기 시작했다. 날이 지나가기 전에 소현이에게 사과하고 싶었다.

원래도 말이 없는 소현이가 날 용서해줄까?

아이가 마음의 문을 굳게 잠가버리지 않았을까?

자물쇠까지 채웠으면?

자물쇠를 채우고 열쇠를 바다에 던져버렸다면?

소현이에게,

선생님이 오늘 소현이에게 큰 상처를 주었어.
잠시 기다리면 좋았을 텐데, 오늘은 그럴 여유가
내게 없었나 봐.
잠시 시간을 되돌릴 수 있다면 그런 말을
하지 않았을 거야.
후드를 뒤집어쓴 소현이를 보며 머리가 하얘졌어.

말로 전하지 못한 내 마음,
이 곡으로 대신 말하고 싶어.
피아니스트 노영심이 연주한 곡이야.
<보내지 못한 마음>
소현이의 용서를 구해.

선생님이.

글을 올려놓고 조회수가 올라가길 기다렸다.

아이들이 한창 학원을 갈 시간이었을까?

조회수는 3에서 4로 아주 더디게 올라갔다. 소현이가 이 글을 볼지도 알 수 없었다. 초조하게 새로 고침을 하길 십여 분, 막 컴퓨터를 끄려고 하던 참이었다. 제목 옆에 (1)이라는 숫자가 생겼다. 댓글이 하나 달렸다!

ㄴ선생님, 저는 이제 괜찮아요. 피아노 소리가
정말 예뻐요. 선생님 마음이 전해졌어요.
오늘 이 곡을 들으면서 잘 거예요.

선생님이 되고서 눈물이 참 많아졌다.

상처받아 울고, 상처 주고 울고, 외로워서 울고, 찡해서 울고, 소현이가 고마워서 울었다. 끝내 '보내지 못한' 무수한 미안함들은 내 혀에 아직도 붙어 있다.

지금도 난 후드를 깊이 뒤집어쓴 아이를 보면 발

길이 저절로 멈춰진다. 후드를 쓰고 웃고 있는지를 확
인하고서야 마음이 놓인다.

교실에서만큼은 모든 그늘 걷어내 주고 싶다.

광란의 댄스파티

2009년부터 거의 칠 년을 꼬박 꼬리에 불이 붙은 망아지처럼 사방팔방 뛰어다니며 뮤직 페스티벌을 다녔다. 자라섬 페스티벌, 지산 록 스페티벌, 서울 재즈 페스티벌, 그랜드 민트 페스티벌, 뷰티풀 민트 라디오, 심지어 비행기를 타고 캐나다의 몬트리올 재즈 페스티벌, 미국의 재즈 페스티벌로 날아갔다. 그 외에도 셀 수 없이 많은 페스티벌을 쫓아다니며 내 에너지를 활활 태웠다.

토요일과 일요일을 내리 페스티벌에서 온몸 바쳐 만끽하고 나면 에너지가 탈탈 털려 소진될 것 같지만 전혀 그렇지 않았다. 주말의 야외 공연에서 스탠딩으로 점프하며 듣고 보았던 라이브 음악들이 내 피로 수혈된 기분이었다. 기운이 뻗치고 웃음이 절로 나왔다. 월요일 아침, 애들이 왼쪽 손목에 찬 공연 팔찌를 보고 물으면 괜히 자랑스러웠다.

"선생님, 팔목에 그 팔찌는 뭐예요?"

뭐긴 뭐야. 선생님의 은밀한 사생활이지.

속으로 대답하고는 후후 웃었다. 그 열기를 그대로 교실에서 구현하고 싶었지만 쉽진 않았다. 여긴 정신줄을 놓고 놀기에는 반듯한 곳이니까.

암, 그렇고말고. 신성한 곳이고말고.

"선생님, 노래 틀어주세요!"

점심시간에 아이들은 거의 매일 신청곡을 틀어달라고 요청한다.

'야, 이 녀석들아, 나도 밥 좀 편하게 먹자, 좀!' 싶기도 하지만, 점심을 맛있게 냠냠 먹으면서 기분 좋게 노래를 듣고 싶은 심정이 이해가 안 되는 것도 아니어서 가끔씩 틀어준다. 밥을 씹느라고 노래를 따라 부르진 못해도 아이들이 흥에 겨워 하는 건 표정으로 알 수 있다.

그날은 마침 내가 그랜드 민트 페스티벌을 다녀온 다음 날이었다. 이한철의 공연을 한 시간이나 봤었고, 그 신바람이 내 몸에서 빠져나가지 않은 채였다. 한철 님은 관객들 혼을 쏙 빼도록 즐겁게 해주는 사람이었으니까.

5교시 시작까지 아직 이십 분 정도 남았다. 예고 없이 게릴라로 아이들과 정신줄 놓은 댄스파티, 이게 과연 가능할 것인가? 한번 실험해보고 싶었다.

전날 몸을 들썩들썩 움직이며 들었던 곡을 골랐다. 이한철의 '차이나*'.

일단 튼다. 경쾌한 일렉트릭 기타 리프가 교실에 둥둥 울려퍼졌다.

애들이 좋아할까?

들을까?

---

* 이한철 앨범 <순간의 기록>의 수록곡이다.

"이거 무슨 곡이에요, 선생님?"

"(음악 소리에 묻힐까 싶어 큰 목소리로)이거 선생님이 좋아하는 곡!"

"제목이 뭔데요?"

"차이나!"

"중국이요?

"그건 아닌데, 일단 들어봐!"

선생님으로서 체통을 지켜야 되는데 쉽지 않았다.

아, 몸이 막 꿈틀거리는데 어쩌라고.

어깨가 들썩거리는데.

살짝 불친절해도 난 좋아

모두 같을 같을 수는 없잖아

조금 못생겨도 난 좋아

누구나 이쁠 이쁠 필욘 없잖아

차이나

차이나(의미가)

차이나 (너와 내가)

차이나

"선생님이 춤추니까 웃겨요! 이런 선생님, 처음 봐요!"

"왜, 많이 이상해?"

"아니요! 그냥 막 신나요!"

"그럼 너도 춰봐!"

"아니요. 아니요. 저는 못 춰요."

내가 되지도 않는 막춤을 춰대니까 애들이 끊임없이 웃음을 터뜨렸다. 입을 가리고 웃기도 하고, 갑자기 내 동작을 조금씩 따라 하기도 했다.

"얘들아, 같이 추자! 응?"

"그냥 선생님 추는 거 볼래요. 부끄러워요."

얼굴이 발그레 달아오를 정도로 추니 흥이 더욱 올랐다. 아이들은 눈치만 보고 아무도 춤을 출 생각이 없어 보였다.

외국 영화를 보면 파티를 할 때 댄스음악에 맞춰 춤을 추는 장면이 꼭 나오곤 했다. 못 추건 잘 추건 아무도 남을 의식하지 않고 즐거워 보였는데…….

우리나라 사람들은 춤은 '잘' 추는 사람만 추는 거라고 생각한다. 아이들도 다르지 않았다. 이쯤에서 비장의 무기가 필요하다!

서랍에서 미러볼 조명을 꺼냈다. 교실 불을 끄고, 커튼으로 빛을 차단했다. 교실 안이 어두컴컴해지고 사이키 조명이 화려하게 돌았다.

"선생님! 클럽 같아요!"

"맞아, 후후 추자. 같이 추자!"

"하고 싶은데 아는 춤이 없어요, 선생니임."

"제발 한 번만! 아무도 너 안 봐! 얘들아, 추자! 나 진짜 안 볼게! 맹세할게. 안 봐!"

왼쪽으로 흔들어 또 오른쪽으로

오른쪽으로 흔들어 또 왼쪽으로

왼쪽으로 흔들어 또 오른쪽으로

다 모두 다

baby one two

차이나

차이나

우가차카 우가차카

우가차카 우가차카

'차이나'를 세 번째 틀었을 때, 내가 그토록 원하
던 그 마법 같은 순간이 흐르고 있었다. 심각한 몸치
수준의 막춤을 추고 있다가 멈추었는데도 아무도 날
쳐다보지 않았다. 아이들은 서로를 보지 않고, 자신
만의 동작으로 음악에 몸을 맡기고 있었다. 그 광경
이 경이로워서 넋을 잃고 바라봤다. 비가 내리는 습한
날, 아이들이 땀을 뽀질뽀질 흘리고 있었다.

스물여덟 명이 만들어내는 제멋대로의 바이브!

"여진샘, 여기 서명 좀……. 지금 뭐 해요? 교실은 왜 이렇게 또 더워."

옆 반 선생님이 잠시 방문하셨다가 입을 헤벌리고 어리둥절한 표정을 지었다.

급습한 동료 선생님에게 들킨 게 민망해서 멈출 뻔…… 한 위기가 닥쳤지만 아랑곳하지 않았다. 이런 마법 같은 순간은 자주 오는 게 아니니까.

"선생님, 요것 좀 마저 하고 이따 서명해서 갖다 드릴게요. 죄송해요!"

너희와 나의 온전한 3분 39초.
나와 함께 궁둥이를 흔들어줘서 고마워.
너희의 이름은 이제 모두 손가락 사이 모래처럼
산산이 흩어져서 남아 있지 않아.
그래도 그때의 교실 막춤꾼들이
지금도 가끔 미친 사람처럼 흔들기도 하는지,
나는 궁금해.

눈치 보지 마.

막 흔들고 살아.

선생님은 빨리 개학하고 싶으시겠지만,

지금은 개인정보보호 이슈가 있어서 상상도 못 할 일이지만, 선생님의 모든 정보를 학부모와 학생 들에게 거리낌 없이 알려주던 때가 있었다. 아이들이나 학부모들이 언제든 연락할 수 있게 개학 첫날에 전화번호를 공개하는 건 기본이었다. 주소를 가르쳐줄 일이 뭐가 있겠느냐마는…… 있었다.

　　방학을 목전에 둔 때였다.

"선생님, 여름방학 때 선생님한테 편지 써도
　돼요?"
"어머, 윤빈아. 정말?"
"네! 주소 가르쳐주세요!"

　　칠판에 아파트 동에 호수까지 쓰고 나니 아이들 모두 알림장에 주소를 받아적는다.

　　저 중에 몇 명이나 편지를 쓸까?

　　당연히 기대하지 않는다. 방학 숙제도 안 해올 아

이들이 태반인데 숙제도 아닌 '담임선생님께 편지 쓰기' 미션을 수행한다고?

할 리가 없다.

주소를 알려주는 나도 잠시 설레고, 받아적은 아이들도 잠시 못 지킬 다짐을 했으니 그것으로 되었다 싶었다.

여름방학의 콧대 높은 기세가 꺾이는 건 역시 광복절. 8월 15일이 지나면 아이들도 선생님들도 조금씩 초조해지기 시작한다. 개학이 일이 주쯤 남은 때지만, 남은 방학보다 써버린 방학이 많다는 사실에 모래시계의 모래가 줄어드는 걸 보는 듯한 기분이 드는 때.

광복절 다음 날이었을 거다. 편지가 한 통 날아왔다. 봉투를 보니 또박또박 단정하고 귀여운 아이의 글씨체였다. 주소를 알려달라고 했던 윤빈이의 편지가 정말 도착했다!

1퍼센트의 기대도 없었기에 윤빈이의 편지를 받아

들고 반갑지 않았다면 거짓말이겠지.

서둘러 편지 봉투를 뜯었다. 어디어디 놀이공원에 가서 자이로드롭을 탔고, 갯벌에 가서 조개를 캤고……. 그렇게 아이의 귀여운 근황이 나열되더니 편지를 마무리하는 멘트에 그만 "푸핫" 소리 내어 웃고 말았다.

선생님은 빨리 개학하고 싶으시겠지만,
저는 방학이 끝나가는 게 너무 아쉬워요!

아니, 윤빈아, 이게 무슨 소리니!
세상에서 제일 방학을 기다리는 사람들이 누군지 알아? 아이들이 아냐, 바로 선생님들이라고!

그림책 『학교 가기 싫은 선생님』*에는 개학 전날

* 박보람 지음, 한승무 그림, 2020, 노란상상

밤, 걱정이 되어서 악몽을 꾸는 더벅머리 여자 선생님이 나온다(아, 이건 꼭 그림 장면과 같이 봐야 하는데!).

어쩌면 그 책은 아이들보다도 선생님들이 더 사랑하는 그림책일지도 모른다.

어젯밤엔 한숨도 못 잤어요.

학교 가는 길에 코끼리를 만나진 않을까요?

친구들이 나를 싫어하면요?

나를 놀리지는 않을까요?

집에 가고 싶어요.

그 누구보다 방학을 기다리고, 주말을 기다리며, 개학을 두려워하고, 월요일을 무서워하는 건 선생님들이다. 방학의 존재감은 아주 절대적이어서 만약 방학이 사라진다면 교사들은 집단으로 사직서를 쓸지도 모른다(100퍼센트 진심이다).

일반 직장과 달리 교사들은 원하는 날을 정해 하루나 이틀, 자유롭게 연차를 쓰는 일이 거의 불가능하다. 참고로 난 교직 경력 십오 년이 넘도록 학기 중에 단 한 번도 하루를 통으로 빠지는 연차를 써본 적이 없다. 개인의 연차 사용은 일수 범위 내에서 자유로워야 하겠지만, 교사의 경우는 그 자유보다 교실을 단단하게 지켜내는 것이 우선이 된다.

선생님들은 방학을 어떻게 보낼까?

방학에는 고갈된 체력도 보충하고, 여행도 떠나고, 여러 가지 취미 생활도 한다. 그건 다른 직종과 같다.

그러나 나는 단언할 수 있다. 우리나라의 모든 직종을 통틀어 교사들이 가장 많은 강의와 연수를 듣는 직종이라는걸. 의무적으로 들어야 하는 온라인과 오프라인 연수가 최소로 잡아 예순 시간 이상이며, 그 외에도 사비를 털어서 수십 시간짜리 강의를 듣는 교사들이 많다. 학기 중에는 엄두를 낼 수 없었던 합숙

연수 같은 것도 방학에 일제히 열리고, 경쟁률도 치열하다. 그러니 나는 자신 있게 외칠 수 있다.

마! 이게 바로 K-에듀케이션이다, 이거야!

그러니까 윤빈아, 선생님이 7월 말만 되면 지쳐 있으면서도 미친 사람처럼 들떠 있는 걸 앞으로도 눈치채지 말아줄래? 사력을 다해 버티고 있는 우리 선생님들을 좀 모른 척해줄래?

우리도 방학 없음 못 살아.
절대 못 살아!

어쩌면 교실은 외로운 섬

아휴, 나도 교직 경력이 몇 년인데.

잘 알죠. 그럼요.

당신은 저 말을 들은 적이 100퍼센트의 확률로 있을 거다. 설령 당신이 교직이 아닌 다른 직종에 종사하고 있더라도 그 직업을 밥벌이로 삼으면서 겪는 어느 정도의 애환을 동료를 통해서 보거나, 멀찍이서 전해 들었을 수 있다. 얼마나 괴로울지도 가늠해볼 수 있다. 하지만, 절대로, 죽었다 깨어나도, 그게 어느 정도의 고통인지, 그 고통의 크기와 깊이와 강도만큼은 직접 겪어보지 않고는 알 길이 없다. 특히나 교실은, 설령 그게 바로 옆의 교실로 연결되어 있다 해도 때론 외로운 섬이 된다. 다시 말해 옆 반에서 어떤 일이 벌어지는지 모르고 일 년을 보내기 일쑤다.

몇 년 전, 모 지역에 근무하던 내 베프인 초등교사 A는 만날 때마다 5학년짜리 한 아이가 자신을 미치게 만든다고 했다. 난 "어머, 정말? 보통 애가 아닌가 보다"고 예의상 맞장구를 쳐주었으나 속으론 '그래 봤자 열두 살짜리지. 말썽인 애 다루는 게 아직 능숙하지 않은 거 아냐?'라고 생각했다. 그리고 정말 못난 생각이지만, 솔직히 내가 그 아이의 담임이 아님에 감사했다. 더불어 아기가 있는 집 창문 밖에 서서 돌을 던져 동네의 이름 모를 아기를 다치게 했다는 사건을 들었을 때는 좀 과하게 짓궂은 아이라고 생각했다. 친구가 근무하는 학교 근처 문방구에서 키우던 개가 사라져서 전교생이 개를 찾아다니다 높이가 1미터가 넘는 커다란 고무 양동이에서 거의 익사 직전이었던 개를 건졌을 때, 내 친구는 그 아이를 의심했다고 했다. 나는 물증은 없고 심증만 있는데 반 아이를 의심하는 내 친구가 공정하지 못하다며, 내 친구를 남몰래 손가락질했다. 교사란 그래선 안 되는 거라고.

"그래서? 그 아이, 어떻게 했어?

학교에 보고해야 할 수준인데?"

"당연하지, 교장실에도 데려갔어."

머리가 평균 이상으로 비상했던 그 아이는 교장실에서 평소답지 않게 예의 바르고 세상에 둘도 없는 모범생이었던 모양이다. 학업 성취도도 높았으니까. 그랬기에 교장실에 다시 방문한 내 친구는 이런 소리를 들어야 했다.

"A선생님, 애가 참 똑똑하고 반듯하던데…….
그래요, 담임이랑 궁합이 안 맞아서 그런
모양인데 잘 좀 지도해봐요."

같이 분개하면서도, 내가 저 교장 선생님의 입장이 된대도 저런 말을 해주는 것 말고는 특별히 고통받는 담임 교사에게 해줄 게 없을 것 같았다. 친구가 자기 반 아이더러 '아무리 생각해도 사이코패스' 같다고 했을 때, 나는 속으로 교사라면 내뱉어선 안될 말이라고 느꼈다. 5학년인 이 아이가 2학년 여학생 속옷에 손을 넣어 성추행했던 일이 있었다. 이때 내 친구는 자기도 모르게 "○○야, 우리 절대 앞으로 만나지 말자. 같은 하늘에서 숨쉬는 것도 싫어"라고 말해버렸다고 했다. 그러나 우린 교사니까, 그런 말에는 쉽사리 맞장구쳐줄 수 없어서, 나는 침묵했다.

그 아이의 담임으로 일 년간 고생한 여파였을까. 내 친구는 타지역으로 전출을 냈고, 다른 시도로 영원히 이동해버렸다.

몇 년 후, 친구를 다시 만나 회포를 풀고, 친구가 운전하는 차의 조수석에 탔다. 그새 운전이 익숙해져 제법 연차 빵빵한 직장인 티가 났다. 핸들을 능숙하게 돌리며 정면을 응시한 채 친구가 내게 말을 걸었다.

"여진아, 몇 년 전에 내가 공포를 느낄 정도로

이상한 아이가 있다고 말해준 적 있었지,
 기억나?"
"응, 기억나지. 그러고 나서 너 지역을 완전히
 옮겨버렸잖아. 근데 걔가 왜?"
"있잖아, 심호흡하고 들어라. 너무 놀라지 말고."
"뭔데, 뭔데? 뭔 일 있어?"

내 친구가 숨을 후욱 들이쉬더니 아무런 온도도
느껴지지 않는 말투로, 애써 납작하게 다진 말투로 이
야기를 꺼냈다. 그 아이는 중학생이 되었고, 자신이
다니던 초등학교의 장애가 있는 여자아이를 인근 산
으로 끌고 가 성폭행을 시도했고, 마음대로 잘 되지
않자 문구점에서 삽을 사 들고 와 암매장을 해버렸다
는 거다. 영화에나 나올 법한 이야기였다.
　친구는 이미 지역을 옮긴 지 몇 년이 지났다. 더 이
상 연락할 일이 없는 예전 동료 선생님이 새벽에 전화
를 해오던 순간, 예감이 좋지 않았단다. 그리고 늦은

밤 알게 된 소식은 가히 충격적이었다.

어떻게 그 일을 막을 수 있었을까?

지난날의 나는 속으로 프로페셔널하고 능숙하게 문제아 따위 매끄럽게 다루지 못한다고 내 친구를 폄하했다. 하지만……

그래, 이제 와서 되돌릴 수는 없는 일이지. 하지만 이런 잔혹한 결과가 나오고 나서야 모두가 뼈아프게 인정했겠지.

당시 담임이었던 내 친구는 정확했다. 일 년이라는 시간 동안, 어쩌면 부모보다 아이를 밀착해서 보게 되는 담임이 이상 징후를 포착했음에도 적절한 조치는 이루어지지 않았다. 이듬해와 또 그 이듬해, 복불복으로 당첨된 운 없는 그 애의 담임은 몇 번이나 교직을 그만두고 싶을 만큼의 고통을 느꼈을 테고, 아이를 진학시킬 수 있었음에 안도의 한숨을 쉬었을 테지.

무력한 허우적거림에 가까운 몇 년이 흐르고, 잔혹한 사건의 주인공이 되어버린 괴물 같은 아이. 억울

하게 세상을 떠나야 했던 더 어린아이.

교사는 교사의 마음을 잘 안다. 동시에 교사는 교사의 마음을 전부 알지 못한다.

외로운 섬과 같은 교실에서 부서진 난파선에 몸을 싣고 구명조끼를 입지 못한 채 SOS 신호를 보내도 구조받지 못하는 교사들이 있다. 내게 그 불운이 닥치지 않기만을 바라는 걸로 충분할까? 그저 한 교사의 역량에 의존한다면 그야말로 이건 제대로 기능하지 못하는 시스템일 것이다.

수십만 개의 외로운 섬,
수십만 개의 교실에서,
고군분투하는 선생님들의
단내 나는 한숨을 모으면 거센 폭풍이 될 거다.

매년 2월이 되면 선생님들은 새 학년을 준비하며

마음으로 고사를 지내듯 이 말을 건넨다.

당연하지만 당연하지 않은 그 한 마디.

"아이들과 행복한 일 년 보내세요."

수십만 개의 외로운 섬,

수십만 개의 교실에서,

고군분투하는 선생님들.

"아이들과 행복한 일 년 보내세요."

그럼에도 불구하고

어떤 사람이 인터넷 커뮤니티에 올린 엄마에 관한 글을 보고 너무 공감돼서 손바닥이 빨개지도록 손뼉을 쳤다.

"엄마아아!!"

길거리나 시장에서 크고 애절한 목소리로 다급하게, 이렇게 외쳐보라는 거다. 그럼 아주 놀랍고도 묘한 경험을 할 수 있다. 그 외침을 들은 다수의 여성들이 아주 걱정스러운 표정을 지으며 일제히 고개를 돌려 목소리가 들려오는 쪽을 찾았다는 것.

"나 누구인데, 엄마!" 하고 소리친 게 아니라 그냥 "엄마"라고 외친 것뿐인데 무슨 일이 생겼나, 불안감을 안고 아이의 목소리를 쫓는 엄마들의 일사불란한 고갯짓.

그 글 아래로 댓글이 주렁주렁 달렸다. 비슷한 경험을 한 사람들이 아주 많았다. "아빠!" 하고 외친 경우에도 무수한 남성들이 고개를 함께 돌렸다고. 심지어 위험한 상황에 처할 때 "아빠!" 하고 외치면 아주 많은 사람들의 주의를 끌 수 있다는 꿀팁도 달려 있었다.

저 글을 읽으면서 다른 장면을 상상했던 건 나뿐이었을까?

"선생니이이임!!"

점심시간, 잠시 운동장에 나갔다 학교 건물을 향해 걷다보면 창가에 옹기종기 붙어 고래고래 소리를 지르며 나를 불러대는 아이들.

아니, 방금까지 같이 있었잖아?
새삼스럽게 왜 이렇게 반가워해?

그러면서도 입꼬리가 자꾸 귀에 걸린다. 길거리에서 누가 "선생님!" 하고 부르면 "난가? 날 찾는 건가?" 하는 '난가병'에 걸린 나. 물론 나 아닌 다른 선생님을 애타게 찾는 목소리인 걸 알고 나면 잠깐 겸연쩍어지지만, 괜찮다. 나한테도 그렇게 불러줄 아이들이 있으니까.

"선생님, 우유 좀 따주세요."
"선생님, 연필이 다 부러졌어요."
"선생님, 받아올림이 이해가 안 돼요.
 한 번만 더 설명해주세요."

교실에서의 큰 보람은 '민주시민 양성'이나 '4차 혁명 인재 양성' 같은 거창한 일에서 오는 게 아니다. 가장 굵직한 보람은 뭉툭한 연필을 쥐고 글자가 안 써진다며 울상을 하던 아이가 뾰족한 새 연필을 선물받고 생긋 웃으며 "선생님, 갑자기 이상하게 글씨가 잘 써져요!"라고 할 때 온다. 단소에서 바람 소리만 휘휘 내던 아이가 "오! 저 이제 단소 소리를 낼 수 있어요!"

하면서 폴짝폴짝 제자리 뜀을 뛸 때 온다. 너무 사소해서 어디 말할 수도 없는 순간, 나에게 '보람'이 찾아온다.

한때 선생님은 화려하고 큰 여객선의 선장이라고 믿었다. 그런데 막상 배를 타고 보니 선생님은, 아니, 나는 태풍이 오기 전날 고기잡이배가 쓸려가지 않도록 단단하게 밧줄에 잡아매는 사람이었다.

출렁출렁 일렁일렁
아이들은 바다,
나는 맑은 날에도 미리 밧줄을 꼬는 사람.

오늘도 나는 칠판을 닦는다.
한 구석도 빠짐없이 말끔하게 싹싹 닦는다.
내일은 하루 더 자란 아이들이 오니까.
싹싹 닦는다.